落ちこぼれ次男は
辺境で気ままな開拓生活を送りたい
追放先で適当領主としてのんびり暮らすはずが、気づけば万能領主と呼ばれることに
たかた ちひろ
Illust. いずみけい

登場人物紹介
CHARACTERS
メリリ
アルバ付きのメイド。
追放されたアルバに
会うため屋敷を出る。
アルバガチ勢。
「アルバぼっちゃま！」
「究極のスローライフを送ってやる！」
「根拠？勘よ」
セレーナ
伯爵令嬢で、兄クロレルの婚約者。
直感に優れ、アルバの人間性を
好み追放先へついてくる。
血統固有魔法は『鑑定』。
アルバ
辺境伯家の次男。
貴族なら誰しもが使える血統固有
魔法が使えず、無能扱いされてきた。
マイペースに生きるため嬉々として
追放されるが…。
フスカ
聖獣・サントウルフの子供。
アルバに助けられる。

「アルバ、お前にはトルビスへ行ってもらうよ」
ハーストン辺境伯
ハーストンシティを治める領主で、アルバ&クロレルの父親。温厚な性格で民からの信頼も厚い。
『感謝するぞ、アルバ殿』
「優秀なお兄様が見送りに来てやったぜ？」
クロレル
アルバの兄でハーストン家の嫡男。見目麗しいが傲慢な性格で、自分の暮らしのため民に圧政を敷く。血統固有魔法は『威風堂々』。
ブリリオ
伝説の聖獣・サントウルフでフスカの父親。密漁により大怪我を負うが、アルバに助けられ親子ともども忠誠を誓う。

「大地よ、創造の源たる大地よ。
その偉大なる力によりて、
歪なるものに
正なる形を取り戻せ。
『元来回帰』……！」

落ちこぼれ次男は辺境で気ままな開拓生活を送りたい

追放先で適当領主としてのんびり暮らすはずが、気づけば万能領主と呼ばれることに

たかたちひろ

Illust.いずみけい

目次

1章　辺境に追放されて、嬉しい件

1話　身体が入れ替わってたら罪を着せられて、戻ったら追放された

「残念だが、アルバ。お前をここに置いておくわけにはいかなくなった」

父からそう告げられるのを、俺はずっと心待ちにしていた。

残念だなんて思いは、みじんもない。

やっと、やっと念願が叶《かな》った。

ここ数か月、祈るような思いで待ち続けて、ついにこの日がきたのだ。

許されるならありったけの力で大跳躍を決めて、握り拳を掲げたかったが……それは少し先に取っておく。

まずは空気を読まなければなるまい。

「理由は分かるな、アルバ」

普段は温厚に振る舞う父の言葉にも、さすがに棘《とげ》がある。諫《いさ》めるように声を低くして言う。

それに対して俺はいかにも悲しそうな、今にも泣きそうな面を作った。

粛々と、この通告を受け取るために。

「……はい、分かっております」

「城下での恐喝、泥酔による器物破損、盗み――。挙句には、自分の進路に立っていたからと

いう理由だけで女性に暴行も加えたそうじゃないか。ここ最近は反省が見られるようだが、この数々の蛮行はいかに私とて庇《かば》いきれなかった。お前には期待していたんだが……。これ以上、お前を貴族の表舞台に置いていたら、我がハーストン家の品位が地に落ちる」

うん、そりゃねぇ。

こうして改めて列挙されれば、さすがにひどすぎる。

ハーストン家は、ドナート王国の辺境伯として、代々国の西端の地を治め、民からの信頼も厚い名家だ。俺がもしハーストン家の人間でなかったら、今頃は暗く寒い牢獄《ろうごく》生活を強いられていたに違いない。それくらい、ひどい蛮行だ。

なぜこう他人事みたいに言うかって？

それは、本当に他人事だからだ。

今挙げられた罪はすべて、俺が犯したものではない。

だがそれでも、神妙な顔で父の話を聞く。

「アルバ、お前にはこの『ハーストンシティ』を出てもらう。代わりにお前が行くのは、領内の辺境地『トルビス村』だ。ここがどんな地か知っているな？」

「トルビス……北方の山間地域にあるとは存じておりますが」

「そうとも。トルビスは都市ではなく、完全なる未開拓地だ。最近では、荒れ地になってもいる。アルバ、お前には、この地の開拓と整備に努めてもらう。サポートもつけず、一人でやってもらうよ。いいね？」

「……はい、かしこまりました」

俺は沈痛そうに装って顔を俯《うつむ》けるが、その下では思わずにやけてしまった。

願ってもない展開だ。

未開拓地であるならば、他にうるさく言う役人などはいないに違いない。

となれば、なにに縛られることもなく、自由気ままに暮らせるかもしれない。

野原に日がな寝そべって過ごし、腹が減ったら飯を食い、眠くなったら眠る最高の一日――、そんな青写真を頭に思い浮かべる。

「これは罰だ、アルバ。逃げ帰ってくることは断じて許さないよ。死んでしまったのなら、それはそれだ。理解をしてくれ。そうしなければ、我が家の面子が立たないのだ。すまないね」

辺境伯として、貴族社会の中で生き抜いてきただけのことはある。

言葉遣いは丁寧ながら、父の言いようは、かなり厳しい。

だが、理想郷を思い浮かべて心が浮ついている俺にはまったく響かない。

追放先がどこだろうと、どちらにしても辛気くさい貴族社会とおさらばできるのだから、清々する。

なにより次期領主候補を外れることほど嬉《うれ》しいものはない。

父のようにこれから何年も働き続けるつもりもなければ、権力を保つための人付き合いも、俺の性に合わないのだ。

「はい、かしこまりました」

訓示を受けた俺は、深々と頭を下げる。

そうしつつ、あと少しですべてから解放されるのだとひそかに心の高まりを感じていたときだ。

ちょうど背後の扉が開いた。

「まぁ当然の処遇だな、アルバ。お前には下民どもと未開の地で暮らしてるのがお似合いだ」

その声は耳障り極まりない。

せっかく幸福な気分だったのに、一挙に台無しにされた気分だ。

俺は仕方なく、後ろを振り返る。

そこにいたのは、実兄であるクロレル・ハーストンだ。

「……クロレル」

「おっと、ちゃんと敬称で呼んだほうがいいぜ？　忙しい中、わざわざ見送りに来てやったんだからよぉ。罪を犯して辺境地に飛ばされるお前と違って、優秀なお兄様は主要都市の統括を任されてるんだぜ？　はは、一歳しか違わねぇってのに、すごい差だな」

クロレルは高い背丈から俺を見下ろして、鼻で笑う。

この一言に表れているように、実に嫌味ったらしい最低な性格をしている。

今だって、追放される俺をバカにするためだけに自分の屋敷からこのハーストンシティまでやってきたのだろう。

だが、こんなんでも昔から社交界においては令嬢からの人気を集めていた。

その理由は、彼の圧倒的に恵まれた容姿にある。

無駄なほどに透き通った印象を与える銀髪、やたらと怜悧《れいり》に見える青色の瞳――。そして、それらすべてを完璧に見せる高身長。

父も、今は亡き母も同じ。

腹違いでもない兄弟なのに、俺とはつゆほども似ていない。

髪や目の色こそ同じなのだがすべてが異なる。自分で言うのもなんだが、俺はなんの変哲もない超凡人な見た目をしているのだ。

クロレルの横に立って、ただの従者に間違えられたこともあったっけ。

諸事情により、もはや自分の顔よりも見慣れたその整った顔を俺はつい睨《にら》みつける。

「おぉ、怖いねぇ。これだから野蛮な人間は。それにしても、一般人に暴行を加えるなんて考えられないな。ただでさえ生き恥を晒《さら》しているカスだというのによ」

黙り込む俺に、クロレルが自慢げに見せつけてくるのは、左手首に浮かぶ炎の紋章だ。

それこそが、十八歳になると発現する魔力を持つ者の証であり、貴族であることの証――。

そのはずなのだが、今年で十八歳になった俺に、その紋章はない。

「貴族だというのに、魔法の一つさえ使えない無能とは笑わせるよな」

ふっと鼻で笑うクロレル。

「クロレル、そこまでにしておけ」

それを父が諫めるが、彼は聞き入れない。

「魔法詠唱のメモ帳なんか作ってたみたいだけど、使えないんじゃ意味ねぇなぁ。無能さんよ」

「……うるさい」

「おぉ、怖い怖い。生きてるだけで恥だと言うのに、犯罪までやる奴は野蛮で嫌だね。そんな奴と血が繋がっているとさえ思いたくないぜ」

クロレルはお手上げだと言わんばかりに溜息《ためいき》を吐く。

が、とんだ猿芝居だ。

なぜならば、俺がやったとされている蛮行のすべてを行ったのは、実際にはこの男である。

綺麗《きれい》な容姿に比して、心の底まで腐りきっているのだ、こやつは。

弟である俺の評判を下げることで、嫡男としての自分の地位を確固たるものにしたかったのだろう。

彼が俺の身体を使って行った数々の狼藉《ろうぜき》は、傍《はた》から見ていても容赦がなかった。

問題はなぜクロレルが俺の身体を使うことができたか、という点だが……

これについては、いまだに原因ははっきりとしない。

ざっくりと言えば、摩訶不思議《まかふしぎ》な怪奇現象が起きたのだ。

はじめこそ、こんなことはあるわけがない！　デタラメだ！と思ったが、起こってしまった以上は、その現状を受け入れるほかなかった。

二週間前まで俺たち兄弟は、中身が入れ替わっていたのだ。

2話　クズ兄の無能すぎる政治

入れ替わりが起きたのは、本当に唐突なことだった。

強くぶつかったわけでも、なにか怪しい魔法をかけられたわけでもない。

ある冬の朝、唐突に入れ替わりは発生した。

目を覚ますとクロレルの屋敷（趣味悪いほど豪華！）にいて、寝ぼけて鏡の前に立ったら、憎たらしいくらい整った顔がそこには映っていたのだ。

はじめは、悪い夢だと思った。

しかし、それにしてはいつまでたっても覚めない。

「どうせ夢なら」と散々豪勢な食事を堪能していたら、俺の身体に入ったクロレルがキレ散らかしながら屋敷に押しかけてきて、これが現実であることを悟った。

入れ替わりは、なにを試しても解消されなかった。

それこそ仲良くもないのに握手をしてみたり、勢いよく頭をぶつけ合ったりもしたが、痛みが残るだけ。むしろ本当に間抜けになった気分だった。

いっそ信じてもらえなくても、この事実を誰かに話してしまおうとしたのだが……それをやろうとすると、強烈な頭痛が襲ってきて、なにかを言う前にくらくらと頭が揺れて、意識が飛ぶ。どうやら死に至る呪いでもかけられているらしい。それはたとえば、アルバしか知らないようなことをあえて口にするなど、入れ替わりを示唆する発言をした場合も同様だ。

そのため仕方なく、しばらくはそれぞれお互いになりきって過ごすこととなった。

「てめえが無能なのは百も承知だが、万が一にも俺様が次期領主の座から陥落するようなことをしたら、ただじゃおかねえからな」

とは、そのときに首根っこを掴《つか》まれながら、クロレルから受けた忠告だ。

今となっては、なんとも節操のない脅しである。

人にはこう指示しておきながら、自分は俺・アルバの身体で領民に暴行を加えるのだから。

俺がそれを知ったのは、あとになってのことだ。その内容はひどすぎて、絶句するほかなかった。

一方の俺はといえば……クロレルに指示された通りに、精一杯、有能な統治者らしく振る舞った。

なぜかといえば、簡単な話、そのほうが都合がよかったからである。

俺は、次期領主候補になど絶対になりたくなかった。

毎日のように仕事に忙殺される父を見てきて、その大変さは十分に分かっていたのだ。汗水たらして働いて、社交界で作り物の笑顔を振りまいて……なんて生活は論外すぎる。

だから俺はクロレルと違って、権力など欲しくなかった。

欲しいものは、毎日ごろごろ寝て過ごせる快適な環境のみ。できれば、昼寝とお菓子の時間と読書タイムなんかも取れれば最高だ！

そんな最高の未来を手に入れるには、兄のクロレルに「有能な次期領主」になってもらう必要があった。

そうすれば、魔法も使えない落ちこぼれである俺には、万が一にも当主の座は回ってこない。

つまり、地位に縛られずに済む……って算段だ。

入れ替わりがずっと続くわけでないことは、直感的に理解していた。

この入れ替わっている時期だけ懸命に仕事をすれば、あとはウハウハ幸せ人生が待っている！

そう思えば、毎日何時間でも仕事に打ち込めた。

……というか、そうせざるをえなかったのも大きい。

それまで約一年間、クロレルに任された都市・クロレルシティ（クロレルが自分で名称を変更した）の統治は超めちゃくちゃだったのだ。

「クロレル様、警備兵の給金が安すぎるとかで、人が集まりません」

「商業施設から、税金を取りすぎではないかと苦情が入っています。町では、裏ギルドが結成されて闇市も開かれているとか……」

「あなた様の肝煎りで始めた再開発計画が、深刻な予算不足と近隣住民の反対で行き詰まっています」

「近隣からの亜人排除計画は、どう進めていくのですか？」

などなど。

俺と入れ替わる前にクロレルが行っていた政策は、とんでもないものばかりだった。

記録を見ていると、就任して半年ほどはまともであった。

たぶん、父の付けたお目付け役がいたためだろう。

だが半年を境にその人が去ると、政策は豹変《ひょうへん》しめちゃくちゃなものになっていた。

不正のオンパレードだ。父には当たり障りない報告を上げて、その裏ではひどい圧政を敷いていた。

とくにひどかったのは、過剰な税金だ。

窓をつけたり屋根を代えたりしたら『取付税』、子供を産んだら『子供税』といったふうに、なにもかもに税金をかけており、住民の生活が圧迫されていた。

視察のためにクロレルシティの街中を歩けば、

「お前のせいだぞ、どちくしょう！　自分たちだけいい思いしやがって」

などと罵声を浴びせられる。あるときは生卵を投げつけられ、またあるときは財布を盗まれそうになったことも。

だが、ここで彼らを恨むのはお門違いというものだ。

領主に対して、そんな態度をとれば、なにかしらの処罰が下る可能性は高い。それを分かったうえで、自分たちを苦しめる領主に我慢ならなかったのだろう。

それくらい街には余裕がなく、深刻な不景気に陥っていた。

商店を開くのにもお金がかかるため、夜中にひっそりと店を開ける闇市が流行していた。

その中には化粧品などに、毒薬を混ぜて薬漬けにするようなものもいて、実に質が悪かった。

そうして民が苦しむ一方で、クロレルは民間から無理に集めた税金を、自屋敷の改修費や、賭博などを行う娯楽施設の建築などに当てていたのだから、クロレルがどれだけ自分本位かは推して測れる。

彼は俺を「無能」と言うけれど、なんのことはない。

誰がどう見たって、統治者としてのセンスが皆無なのはクロレルのほうだった。

3話　クズ兄の無能政治により崩壊した街を三か月で立て直す

だが、俺としてはそれでは困る。

クロレルには有能な統治者として俺の代わりに次期領主として立派に務めてもらわなくてはいけないのだから。

俺は、自分の自由気ままで幸せな未来に投資をする意味も持って、それらすべてに梃子入れ《てこい》をしていった。

まず取り組んだのは、家臣たちの入れ替えだ。

クロレルは自分に反対するものはすべて解雇して、周りを「はい」としか言わない従順な人間たちで固めていた。

それを一新したのだ。

「クロレル様、街の経済活性化の案ですが、明らかに税のかけすぎで生活苦が起こっております。ここは一つ、税の引き下げを行うのはいかがでしょうか」

「うん、それがいいかもしれないな。それと、子供が生まれた家庭には給付金を出そう」

「して、財源のほどは？」

「屋敷にある無駄な家具を売るといいさ。それと、亜人排除計画は今すぐ中止にしてくれ。人件費をかけるだけ無駄だ」

経済、福祉、防衛と、その分野に精通している人間を公民問わずに集めた。

なぜ先に人から替えたかといえば、俺とクロレルの入れ替わりがいつ解けても、サポートする家臣たちが有能なら政治は崩壊しないと踏んだためだ。

こうして俺は次々と、クロレルの発案した無能極まりない政策の変更を断行した。

元がひどすぎたこともあろう。

その成果は短期間でも、みるみるうちに上がった。

やがてクロレルシティの中心街を歩けば、

「おぉ、ご成長目覚ましい次期領主候補！　クロレル様だ！　私はこの街の名前が誇らしいよ」

「あれが……！　容姿までお美しい！　雰囲気があるわ」

こう言われるまでに評判は回復していた。

それは貴族社会でも同様だ。

社交の場でも徹底的に善人として振る舞い、次期後継者としての立場を確立した。

女性と接するのは慣れなかったが、クロレルの婚約者・セレーナとの仲がより円満にはぐくまれるように努力もした。

「それに比べて弟のアルバ様はひどいそうよ。自分だけ、才能もなければ容姿も悪いことの腹いせだとかって、ハーストンシティで暴れ回ってるうえ、夜は遊女を捕まえて豪遊してるって」

とまぁこんな感じで、本当のクロレルは俺の身体を使って好き勝手やってたんだけどね？

おかげで、もともと高くなかった俺の評判はめちゃくちゃに落ちていた。

勝手に容姿に劣等感を持っていることにされたのはイラっとしたが、まぁ結果は同じだ。

クロレルの評判は急上昇し、俺の評判は落ちた。

それだけのことである。

こうして次期領主候補レースに、すっかり差がついたところで、またしても突然に入れ替わりは終わった。

それが約二週間ほど前のことだ。

そして今、入れ替わっていた頃にクロレルが起こした悪事の責任を取る形で、俺、アルバ・ハーストンは辺境地の開拓を命じられた。

要するに、追放処分を受けたのだ。

まあ自由になりたかった俺としては、捕まらずに済んだため、結果的には願ったり叶ったりではあるんだが。

4話　旅立ちの朝に待ち受けていたのは、兄の婚約者？

旅立ちの日は、一か月以内ならばいつでもよい、という話だった。

その中から俺が選んだのは、通告のあった翌日。

この地・ハーストンシティを追い出されることをずっと望んでいたため、旅の準備はとうに整っていたのだ。

馬車を手配して街を出たのは、ちょうど太陽が昇り始めた頃。

ハーストン家の領内でも、もっとも栄えていて、昼頃にはかなり往来も増えるこの街だが、今はしんと静まり返っていて、朝焼けが照らす中を歩くのは俺だけであった。見送りも同乗者も、もちろんいない。というか、人目につかないで済むよう、この時間を選んだのだ。

……兄・クロレルが散々に振る舞ってくれたおかげで、俺は大層不人気なのである。

人通りの多い昼に出立すれば、どんな罵声や暴行を受けるか分かったものではなかった。

馬車は街の大通りを進み、門の前まで着く。

この門の外と内では、環境にかなりの差がある。

街は大きな塀に囲われており、門の内側は、『良民《りょうみん》』と呼ばれる一定以上に身分の高い一部の人間のみしか入れない。

そのため、比較的安全な環境になっているのだ。

一方で、門から一歩外に出ると、山賊やらが出る可能性もあるし、場所によっては魔物が出るなんてこともある。

普段この外へ出ることは、あまりなかった。外交などの遠征くらいだ。

「よろしいのですか、門を開けてしまって」

たぶん旅立つ俺に気を遣ったのだろう。

御者がわざわざこう確認してくれるが、俺は頷《うなず》いた。

「あ、うん。お願いするよ」

むしろ、早くおさらばしたいくらいだった。街人と遭遇する前に。

そもそもここでの生活に未練なんて、ほとんど皆無なのだ。

あくまで、「ほとんど」ではあるのだが。

門番二人により、大門がゆっくりと開けられていく。

その隙間から徐々に強くなる光は、俺にとって希望の光のよう。俺は馬車カゴから身を乗り出して、それを見る。自由と解放への希望に胸が高鳴っていたのだが、門がすべて開いたとき、
そこには一人の人物が待ち受けていた。

朝靄《あさもや》に霞《かす》んでいたその姿がはっきりしてくると、俺は思わず目を見開く。

しばらくまじまじと見つめたのち、やっと声が口から外に出た。

「セレーナ……様。なんで、こんなところに」

令嬢らしい豪奢《ごうしゃ》な衣装は、纏《まと》っていない。シンプルな青地のワンピースに、ローブを纏っているだけの格好だった。

だが、それでも彼女が醸し出す雰囲気は、常人のそれとは違う。

『高潔な薔薇《ばら》』とか『薔薇の聖女』とか称されているだけのことはある。

鮮やかな薄紫色の長い髪をまだ冷たい春風にたなびかせ、ただそこに立っているだけだというのに、そちらへ意識を引き込まれるのだ。

が、そこでなんとかとどまった。

「セレーナ様、どうしてこのような時間に門の外に？　危険でございますよ」

「……分かってるわ、そんなこと。それを承知で、あなたを待っていたの。アルバ」

「な、なんでまた俺なんかを？　こんなことをしていたら、叱られますよ。あなたは、兄の婚約者なんですから。早く兄の元へお戻りになったほうが……」

彼女、セレーナ・アポロンは、兄であるクロレルの婚約者なのだ。

アポロン伯爵家とハーストン辺境伯家の領地は、隣接関係にある。そこで、よい外交関係を築くために、この婚約は一年ほど前に成立した。

クロレルが十九で、セレーナが十八、一歳差の二人は世間から美男美女でお似合いだと言われており、結婚の日も近いと噂《うわさ》されている。

……だが、クロレルと入れ替わっていた俺は三か月の間に知ってしまった。

表向きは婚約者として振る舞っていても、実際は不仲であり、ほとんど会話も交わさず、とにかくドライな関係であったことを。

どうも、セレーナは直感的に兄がどうしようもないクズ人間であることを察していたらしい。

俺がクロレルとして、ちょっとにこやかに話しかけてみても反応はほとんどない。

必要なときに、一言二言返事をくれる程度であった。

……普通ならとっくに心が折れているところだが、俺は珍しく諦めなかった。

セレーナが容姿端麗なだけでなく、人材としても優秀であることは知っていた。

ならば彼女に、あの無能な兄がどうにか領主としてやっていけるよう支えてもらえばいい。

セレーナには申し訳ない気もしたが、どうせ一度結んだ婚約は簡単に破棄できるものではない。

ならば、仲が悪いよりはいいほうがましだ。

そう考えた俺は、彼女に愛想をつかされないよう必死で振る舞ったのだ。

結果として、はじめはまったく心を開いてくれなかった彼女とも、多少は親しくなることができた。少なくとも、俺はそう思っている。

この街に残っていた唯一の未練とは、彼女のことだ。

最初こそ、ひとえに兄のためと思っていたが、接するうちにそれだけとは割り切れなくなっていた。

彼女が俺ではなく、クロレルに対して心を開いていることも分かったうえで、最後に一言、挨拶くらいはしたかった。

本当は入れ替わっていることだって、口にしたかった（言えば死ぬから無理なのだが）。

だから正直に言えば、会えて嬉しい。

……嬉しいには嬉しいのだが、彼女がここにいる理由がまったく分からなかった。

セレーナは俺たちの入れ替わりを知らないはずだ。

彼女にとって、今の俺は友人ですらなく、せいぜい『婚約者の弟』でしかない。

「いいのよ、クロレルのことはもう。どうでもいいの」

「それって、どういう意味ですか」

「言葉通りよ。単純にあの人じゃない、とそう思ったから。なんなら今すぐにでも婚約破棄してしまいたいくらい」

「……え。いやいや、なにを言ってるんですか。最近はあんなに仲よさそうだったのに？」

まさかの、どうでもいい宣言！　さすがに俺は動揺を隠せなかった。

いや、気持ちは分かるんだけどね？　俺も、あんなクズ兄のことなんて、一個人としては心底どうでもいい。

5話　兄の婚約者は俺についていきたいらしい

だが、セレーナが見てきたクロレルは、少なくとも優しい男であったはずで、彼女とも良好な関係を築いてきたはずだ。

さすがに、この二週間で壊れるようなものではない……たぶん。

だのに、彼女は言うのだ。

「もう終わったの」

と。

「だいたい二週間ほど前かしら。突然、クロレルの纏ってる空気が変わったの。数か月前の悪かった頃に逆戻りしたみたいに」

「……えっと、気のせいでは？」

「気のせいではないわ、間違いない」

セレーナは、はっきりと言い切る。

そのあまりにも迷いのない言い方は、まるで入れ替わりの事実を知っているかのようだ。

俺は少し焦るのだけど、

「私の直感よ」

どうやら、そういうわけではないらしい。

要するに、ただの勘。

でも、ずばっと的中しているのだから、彼女の直感は侮れない。

常人のそれなら、「そんなバカな」と笑い飛ばせるのかもしれないが、セレーナの発言には根拠がなくとも力がある。それはクロレルとして接していて分かったことだ。

なんとなく納得させられそうになってしまうのは、彼女と過ごした時間で体験してきている。

俺は辛うじて踏みとどまって、言い返した。

「直感ですか……。でも、兄が変わったことと俺を待ち伏せていたことになんの関係が？」

「ごもっともな意見ね。でもそれは、私にも分からないの」

「えっと……？　もしかして、それも直感……」

「そう、それよ。私はあなたに会いたかった。あなたを探していた、そんな気がするの」

「格好よくて、背も高い、しかも婚約者である兄にじゃなくて、俺に？　罪を犯して辺境地へ飛ばされる俺に？」

「見た目とか関係性とか、そんな表面的なことはどうでもいい話よ。もう迷わない。私はとにかく気持ちに素直になることにした。逃げたくなったの、ここから。逃げたかったらしたいようにすればいい。昔そう言ってくれたのはあなたでしょ」

「……そんなこともありましたけど」

「そ、あったの。だから、私はアルバをここで待ってた」

澄んだ冬の湖みたいなその紫色の目が、俺の心の中を探るかのようにじっとこちらを射る。

心臓が今までにないくらい大きく跳ねた。

婚約者として接していたときから思っていたことだが、めちゃくちゃだ、この人は。

常識なんてまったく気にしていない。ただまっすぐ、自分の心に従って動いている。

だからこそ彼女の言葉は、想いは、胸を熱くさせた。

一方的だと思っていた親しみの感情を、彼女も持ってくれていた。

理由が直感とはいえ、誰も気づかなかった本当の俺を見つけてくれた。

そう思うと、喉元に込み上げるものがあった。

「ねぇアルバ」

「な、なんでしょうか……」

「突然であることは百も承知で言うわ。……私もあなたと一緒に行きたい、一緒に逃げたい。連れていってくれないかしら、辺境の地に」

まだ落ち着かない中、考えてもみなかった申し出があって、俺は返事に窮する。

だが、模範解答については考えるまでもない。

ここは断る一択だ。軽率にそんなことをして、もしクロレルに露見したら間違いなく面倒なことになる。あの兄は嫉妬深く、たとえ大事にしていなかったとしても、他人になにかを取られるのをひどく嫌う。

だから断らなくてはいけない。

そう分かってはいたのだけど、同時にそうしたくないという思いも胸にはあった。

合理的に考えて断るか、感情に任せて受け入れるか。

「ちなみに、どちらにしても私はクロレルの元には戻らないわよ。そのために、食料だってほら、こんなに持ってきた」

迷っていた俺に、彼女が付け加える。

それとともに見せてくれたのは、背負っていた大きな鞄《かばん》に入っていた大量のマフィンだ。

なぜその選択?だなんて聞いている場合ではない。

「え、もうそこまでの決意が固まっているのですか」

「そうよ。あなたが私を拒むなら、私は一人で放浪にでも出るつもり。それくらいの覚悟よ」

……おいおい、なんだよそれ！　さすがに規格外すぎませんか、お嬢様……！

それくらい、クロレルと過ごすのが無理だったのかもしれないけど！

たしかセレーナは両親が高齢になってからの子供で、一人っ子として大事に育てられてきたと聞いていたのだけど……、ちょっと我が強すぎる。とてもお嬢様とは思えない。

俺がうろたえていたら、彼女は左手の薬指にはめていた指輪を外す。すると、それを空高く放り投げた。

さらにそれだけには留まらない。彼女は次に、鞄の中から綺麗なドレスを取り出し、懐に忍ばせていたらしい小刀でざくざくと切り刻みはじめる。

「な、なにを」

「これが覚悟よ、アルバ。あなたといられたら、婚約指輪も高価なドレスもいらない。それにこれで、クロレルは私が襲われたとでも思うはずよ」

暴挙極まりない行動だ。

たぶんあの指輪も、ぼろぼろの布切れになって風にさらわれていったドレスも、それだけでかなりの価値がある。

よほどの覚悟がなければ、そこまではしない。

これで彼女が決して冗談や揶揄《からか》いで言っているわけじゃないことははっきりと伝わってきた。

その強さが答えを出すのを容易にする。

どうせ彼女が兄の元を離れるつもりなら、気にしたってしょうがない。

「……じゃあ、その、えっと。き、来てくれませんか、一緒に」

クロレルとしてではなく、アルバとしてこんなふうに面と向かって女性を誘うのは初めてのことだった。

イメージしたのは、完璧な笑顔と超絶いい声だったのだが、全然うまくいっていない。

なんなら、ひどすぎて言った途端から恥ずかしい。

もしかして言い直すべきなのか、これ。いやいや、こんな一世一代の文句を言い直すのはさすがにださすぎん？

なんて思っていたら、ふわりと。

紫の薔薇が喜びに綻《ほころ》ぶように、彼女の口角が軽く上がる。

「最初からそのつもりよ。じゃなきゃ、来てない。さっき言った、一人で放浪の旅に……ってやつ。あれ、嘘《うそ》」

「……はい？」

「私、はじめからアルバについていくつもりだったの。断られない自信があった」

「それ、もしかしなくても……」

「そう、勘。直感よ」

セレーナはこう言い切ってから、「決して他言しないように」と門番、御者にお金を握らせて馬車に乗り込む。

その賄賂は、さも最初からそうするつもりだったみたいに、綺麗な包みにくるまれていた。

……一人旅のはずが、もしかすると、とんでもない同行者ができてしまったのかもしれない。

6話　魔法が使えないなんて誰が言った？　真の力、解放します！

一人のはずだった旅路が、二人となって。

俺たちは休み休みしながらも、ハーストンシティから目的地であるトルビス村を目指して進んでいた。

全行程約三日半の遠乗りだ。とある事情でほぼ寝られなかったことを除けば、基本的には、快適な旅であった。

馬車の揺れは少なかったし、カゴには魔物避けのコーティングが施されていたため襲われることもない。

食料や飲料は、セレーナも携帯食を用意してくれていたから困らなかったし、衛生面も途中の水浴び場を利用できたため問題なし。

そして、危惧していた会話が持つのかどうかという点についても、とりあえずは心配なかった。

俺は膝上で眠りこけているセレーナの白すぎる顔を覗《のぞ》きこむ。

馬車に乗ってからというもの、彼女は日がな眠そうにしていた。聞けばあの朝は、急遽《きゅうきょ》旅立ちの用意を整えて、徹夜をして俺を待ち受けていたらしい。

たぶんその疲れがどっと押し寄せてきたのだろう。

……いや別に、助かったとか思ってないよ？

というか、それでいえば正直今の状況だって、ある意味では危険だ。

彼女が俺の方向へ寝返りを打ったせいで、柔らかいところがむにむに当たってめちゃくちゃ困っている。

しかも、いい香りも漂ってくるし！　鼻の奥をくすぐるのは、薔薇の花弁から漂うような濃密な甘さだ。

意識してしまったせいで、頭がくらくらしてくる。

俺がつい、ごくりとつばを呑《の》まされたところで……

「そろそろ到着いたします」

御者から声がかかった。一気に、正気に引き戻される。

「あ、ありがとう……！」

俺はどうにか返事をしてから、セレーナの肩を控えめに揺すった。

すると、彼女は「ん」と小さな息を漏らす。それから、ほんのりと目を開けた。

もう夕刻、日の沈む時刻だ。窓から漏れてくるオレンジの西日が、長いまつ毛の下からふっと姿を現した彼女の紫色の瞳を照らす。

眩《まぶ》しくて、綺麗で、見とれそうになる。その美しさときたら、まるで精巧なステンドグラスのようにも映った。

「……セレーナ、そろそろ着くみたいだから起きようか」

はじめは敬語を使っていたが、彼女のほうからやめるように言われた。だから、いつもの口調で声をかける。

俺としても、そのほうが慣れているのでありがたい。

「……あら、ごめんなさい。また寝てしまっていたみたいね。あなたの匂い、なぜか落ち着くから。重くなかったかしら？」

「あぁ、うん、それは大丈夫だよ」

「……それは？　ということは、なにか大丈夫じゃないこともあるの？」

「いや、別にそういうわけじゃないさ」

欲情しかけてました。

なんて本人にありのままを言えるわけもない。

俺は彼女の追及を躱《かわ》して、素知らぬふりを決め込む。わざとらしくならないよう荷物やらの整理を始めて、馬車が止まったところで降り立った。

「……なんだ、これ」

そして、目の前に広がっていた光景に驚愕《きょうがく》する。

持っていた荷物を一度、地面に落としてしまった。

「ここがトルビスね。そう、やっぱりこうなっていたのね」

「セレーナ。来たことがあるのか？　やけに落ち着いてるけど……普通、そうじゃいられないだろ」

「いいえ、ないわ。でも一度だけ聞いたことがあったから」

「先に教えてほしかったな、それ……」

そこに広がっていたのは、簡単に言えばゴミだった。

一応、ぽつぽつと戸建ての家が並んでいて集落があることは窺《うかが》えるし、周りは山々に囲まれていて自然豊かでもある。だが、その集落の真ん中にこんもりとゴミが積み上げられているのだ。生ゴミではないので悪臭はしないが、決して快い環境ではない。

想像をはるかに超えたゴミ溜めっぷりだった。

俺は足元近くまで転がってきていた一つを拾い上げる。

なんとなく見たことがある形状をしていると思えば、それは魔導灯の残骸だった。表面を覆うガラス部分が無残に割れて、魔石からエネルギーを変換する装置も壊れている。

少し歩いてなにかを蹴飛ばしたと思えば、寂れて茶色になった蛇口だ。

壊れた樽《たる》も、近くには積み上げられていた。

うん、これらも当然のように使えそうにない。

「ここは、都市から出た魔導具みたいな捨てにくいゴミを捨てる場所になってるの。定期的に、わざわざ運んでくるらしいわ」

「……いや、そんなことしたら住民の人が怒るんじゃ――」

「魔導具は中には使えるものもあるから、ここには、それを使ったり分解したりして生活費にしている人もいるそうよ」

そして、セレーナは続ける。

声が地を這《は》うように、一気に冷たくなった。

「クロレルは、『下民らしい生活だな、まぁ俺たちの廃棄物で過ごすのがお似合いってわけだ』と罵っていたわね」

「……なんというか。ちなみに、それはいつの発言？」

「少なくとも、半年以上前よ」

やはりあの男、あまりにもどうしようもない。が、まぁそれを言い出したらこの国の人間は大概そうだ。

一定以下の身分の人＝下民は、都市に入ることさえ許されないなど、かなり雑な扱いを受けている。

とくに貴族の中には、下民を毛嫌いするものも多いようだ。

ちなみに俺にしてみれば、いちいち身分で分けるなんて面倒なことするなぁ……って話で、その制度には反対だ。

この反応を見るに、セレーナもそうらしい。

「じゃあ少なくとも半年以上は、この環境ってことか……」

父親が「罰だ」と言っていたわけが、今になって分かる。

……こりゃあ、後処理を押し付けられたのと同じだ。

開拓以前に、大大大掃除から行わなくてはいけないらしい。

軽く、いや割とまじで絶望的な気分だった。

「あの、では私はこれで……」

だから御者にこう声をかけられても半分上の空で、とりあえずの感謝だけを伝えて見送る。

その後も、頭ははっきりしてくれない。

「どうしたの、アルバ」

「……悠々自適な生活を送るはずだったんだよ、俺。自然に囲まれた中で、起きたら散歩とか言って森林浴してさぁ」

「それは無理な相談ね、たぶん。夢のまた夢よ」

思い描いていた青写真が、巨人にでも踏み潰された気分だった。

俺がひどすぎる現実にすっかり打ちのめされ棒立ちとなっていると、少し先の集落から悲鳴が聞こえてきた。

振り返れば、住民と思しき人が数名、こちらへと走って逃げてくる。

「あ、あなた方は誰ですか⁉　とにかく逃げてください！　あいつは狂暴なんですっ！」

彼らがこう忠告してくれる。それと同時に、地面が大きく揺れ始めた。

ゴミ山が音を立てて、なだれを起こし、俺たちの足元まで転がってくる。

その後ろから猛然とこちらに駆けてくるのは、獣型の魔物だ。

民家三軒分くらいの大きな身体を揺らしながら、四つん這いになって駆けてくる。

セレーナが警戒して少し下がるなか、俺はいまだにその場に突っ立っていた。

「あれってたしか、クロツキノワ。クマ型の魔物よ」

セレーナがこう教えてくれるが、やはり俺は動けない。動く気にもなれない。

「……なんだよ、これ」

「なんだよ、ってどうするの。私の水魔法も、鑑定魔法も戦闘向きじゃないから、あんな大きい奴相手にしたらなにもできないわ。あなたも、たしか魔法は使えないのでしょう。逃げたほうが――」

彼女が、俺のジャケットの袖を軽く引く。

そのときにはもう、クロツキノワは目前にいた。地鳴りのような咆哮《ほうこう》とともに、勢いのままこちらに跳びかからんとしてくる。

とても、とても煩わしかった。

今、俺は魔物なんかを相手にしている場合じゃない。このゴミ捨て場状態の村で生きていかねばならないのだと思うと、それだけで頭がいっぱいだ。

「俺のスローライフ計画どうしてくれるんだよ～～！」

だから、一撃で。

俺はセレーナの前へ出ると、腰に差したナイフを抜く。

魔力を込めることで一時的に刃の長さを伸ばす技・風属性魔法『縮突《しゆくとつ》』（俺の中では、「なんかシュッって伸びる奴」という認識だが）を使い、クロツキノワの喉元を的確に突いた。

感触は完璧であった。

ナイフを抜くと、クロツキノワはうめき声を上げたあとに、一度伸び上がる。そののち、その大きな体を地面に横たえた。

勝負ありだ。

砂埃《すなぼこり》や魔導具の欠片が辺りに舞う中、俺はナイフをハンカチでぬぐったのち、腰元にしまい直した。

「き、貴族様だったのですか！　というか、あの化け物・クロツキノワを一撃で、しかもナイフで⁉　す、すごすぎる！」

「お、おぉ、もうあのツキノワに怯《おび》えなくていいんだ……！　ありがとうございます！」

しばらくして、逃げてきていた住民らしき方々からは歓声が上がる。

「……アルバ。あなた、魔法使えたの？　しかもこんなすごい技を無詠唱で……？」

一方、俺の後ろにいたセレーナは切れ長の凛々《りり》しい目を今ばかりは丸くしていた。

無理もない。

なぜなら俺は、魔法を使えないこととされており、それが理由で周囲からは無能と罵られてきたのだから。

7話　能ある鷹は『万能魔法』をひた隠す

魔法適性がない――――。

そう審判を下されたのは、今から半年前。クロレルとの入れ替わりが起こる少し前、十八歳になったときのことだ。

この歳になれば、適性を持つ者には手首などに魔法紋章が発現する。

しかし、神官による魔力付与式を受けても、俺にその紋章は浮かんでこなかった。

「……魔力はお持ちのようなのですが、それを出力できないなんて。神に見放されているようですね、アルバ様は」

そして、深刻な顔でこう告げられたときには、父は落胆し、親族の中には悲嘆にくれて延々と涙を流すものもいた。

しかし、俺にとってはそんな形だけの紋章などはどうでもよかった。

……正直、手首に紋章ってださくね？くらいのもの。

なぜかと言えば、俺は十五の頃からすでに魔法が使えていたからだ。

何度も魔法を見ているうちに、なんとなく発生原理を理解できるようになり少し練習をしたら、あら不思議。

割とあっさり、使えるようになっていた。

ただし、こればかりは独自の感覚による面が大きいらしい。

俺とクロレルが入れ替わっていた間も、あのバカ兄は俺がまさか種々の魔法を使えるなどとは気づかなかったようだ。

十五で、魔法が使える。それも、すべての属性魔法。

これがおかしな現象であることは当然分かっていた。

普通は一つの属性しか使えないし、そもそも十八歳にならないと使えないのだ。

過去の文献を漁ってもみたが、いまだかつてそんな魔法使いはいないらしい。

唯一似ているのは、神話に出てくる『万能魔法』なる能力だけ。

そんなことを正直に申告すれば、珍人間として扱われ、貴族どものおもちゃにされる可能性が高いことは分かり切っていた。もしくは、『国の救世主』として扱われて、戦いに駆り出されたりするのだ、きっと。

だから俺は、それをひた隠しにすることとした。

なぜなら俺の夢は、日がな寝て暮らす超幸せ完璧スローライフ‼

魔法能力で評価され王城に呼ばれて昇進……、みたいな。いわゆるエリート進路は勘弁だったのだ。

そのためなら、たとえ無能と罵られようが関係ない。

無能でいいから、自由を手にしたかった。

「まぁ、なんていうか簡単に言うと、実は使えるんだよ。公言して下手に持ち上げられると困るから、黙ってたんだ」

「……ねぇアルバ。一応、鑑定させてもらってもいい？」

セレーナはそう言うと、腰元から巻物を取り出す。

『鑑定』は、アポロン家に伝わる血統固有魔法だ。

俺は属性魔法ならば大概を使えるが、一方でそれら固有魔法はその一族にしか操れない。もしかすると、鑑定士としての血が騒いだのかもしれない。

「いいよ、別に。セレーナに隠しておけることでもないからね。でも無駄だと思うよ」

俺が手を差し出すと、彼女はそれを巻物に触れさせる。

「世の知をすべる賢者に、その存在の本質を問う。『魔導鑑定』……！」

こう詠唱をすると、巻物に文字が浮かび上がった。

そこに記されていたのは、「なし」の二文字。そう、神官と同時に鑑定士に見てもらったときも同じことが起きた。

「嘘、なんで。人相手に使うと、細かいことは分からないけど、属性や魔力量くらいは分かるのに」

「……さぁ。でも、使えるのはさっき見て分かったろ？　嘘じゃないんだ。他にも属性魔法なら何種類かは使えるよ」

ほら、と俺が荷物の中から取り出したのはメモ帳だ。

そこには、使えるようになった魔法を属性ごとにリスト化していた。

詠唱が必要な物はその文面を記しており、そうでないものは実際に使用した際の感覚を書き残して、再現性を高めている。

……といって、そんなに厳密なものではないのだけど。

『縮突』の欄に書かれている説明は、「なんかシュッって伸びるやつ」だけである。

「……すごい考え方ね。でもまぁ少し分かるかもしれない。生きづらいもの、貴族社会」

「ああ、まったくだ。だけど、別の意味で、物理的にここもまともに生活できる環境じゃなさそうだな」

「それをここに来て言っても仕方ないわよ。とにかく、ありがとうね。今のアルバ、格好よかったわ。『俺のスローライフ計画どうしてくれるんだよ』ってセリフはともかくね」

「……あ、あぁ、うん。これくらい気にしないでいいよ」

やべえ、無能を演じ続けてきたせいか、褒められ慣れてなさすぎないかな、俺。

まっすぐ言葉にされると今さらながら恥ずかしくなって、前髪を引っ張って目元を隠す。

「そ、そういうセレーナもまったく怖気《おじけ》づいてなかったよな、うん」

小声ながらもなんとか会話を繋げようとしたところで、後ろから「本当に助かりました」と声をかけられた。

タイミングが悪いことこのうえなし！　なんだか恥ずかしくて、まともに会話ができない奴みたいになったじゃん。

しかし、仮にも赴任した村の住民との初めての会話になる。俺は咳払《せきばら》いをして、一応は鍛えてきた外面を用意し、とりあえずそちらを振り向いた。

すると、どうだ。そこは地面であるにも関わらず、躊躇《ちゅうちょ》のない土下座である。

「そ、そこまでしなくても……。大したことはしてませんから！」

「いや、私たちには到底できないことです。それに、我々のような身分の低い者が貴族様にお助けいただけるだなんて、そうそうありえないことです」

彼らは額をこすりつけたまま、全然顔を上げない。

この態度には、さすがのセレーナも俺の横で面食らっていた。

こうなっては、話を伺うことすらやりにくい。俺はひとまず、彼らに立ってもらうよう促してから、状況を確認する。

「それで、あの魔物はどうしてこんな集落の中にまで現れたんです？　普通、集落の周りは魔除け効果のある柵が張り巡らされているはずじゃ……」

「それが、この間壊されてしまったんですよ」

「そりゃあいったいなんで？　魔物にやられたのですか」

「いや、それはちょっと答えられませんが……。修理しようにも、村にはお金も技術もありません。それで家に引きこもっていたら食べるものがありませんから、本当に助かりました。ご貴族様は、また魔導具の処分にいらしたのですか？」

その質問には、不意を突かれた。

このトルビス村の人にとって、そもそも貴族はそういう存在になっているらしい。

悪気のない、素朴に出てきたその質問が、なによりもこの村の現状を表している気がした。

「いいえ、そういうわけではありません。実は諸事情でこのトルビスの整備と開拓を任されることになったんです。俺、アルバといいます」

「私は、同行しているセレーナよ。よろしくお願いするわ」

「な、なんと！　お二人とも貴族の方ですよね。それが、こんな村を整備、開拓……？」

当然、そこは疑問に思う点だろう。

だが、正直に言えるわけもない。

なぜなら俺はあまねく罪を犯したとして（兄・クロレルの仕業だが）、なかば追い出されるようにここへ派遣されたわけで……

「ここに来たのは、彼が街で窃盗、暴行などの悪事を——」

って、セレーナさん!?

俺は思わず首をぐるんとひねり、とりあえず彼女の腕を取ると数歩後ろへと連れていく。

「どうしたのアルバ」

そして、本当に素直に驚いたとでも言わん顔で首を傾げるのだから、彼女は掴めない。

そういえば、こういう行動の読めなさも彼女らしさの一つなのだった。

「どうしたもこうしたもないよ……。とりあえず王都でのことは秘密の方向で！　下手に怖がられたら、ここでの生活が面倒になるだろ？　お野菜とか分けてもらえなくなるかもしれないし、隣人付き合いは友好的にしたいんだけど」

「あら、そう。今は更生しているみたいだから、言っても大丈夫かと思ったわ。そういうことなら任せて」

セレーナは極めて理知的に見える顔で、こくりと首を縦に振る。

果たして、どこまで分かってくれたのだろうか。

不安に思う俺などつゆ知らず、彼女は自信ありげな足取りで、俺より先に村人たちの元へと戻った。

胸に手を当てて、静かに切り出す。

「私たちは、このトルビス村を救うために来たの」

と。

うん、今度は、大言壮語極まりない。

悪いけど、そんなつもりまったくないよ⁉　俺は自由なスローライフを謳歌《おうか》するために来たんだよ⁉

俺は慌てて訂正せんとするが、村人たちはもう目を輝かせて、

「俺たちにも救いの神が降りたってことか！」

「ありえるな。なぜなら我々はすでに命の危機を彼に救われている！」

口々にこんなことを言い合っているではないか。

きっと命を助けられたことで、色眼鏡がかかってしまっているのだろう。

今はどれだけ否定しようとも、聞く耳を持ってくれなさそうだった。

「……えっと、とりあえず村の案内をお願いしてもいいでしょうか」

ならば、と今だけはこの立場を利用させてもらうことにした。

8話　最高の睡眠のために、可能な限り最低限の手数で

村人らは、歯切れのいい返事で快諾してくれて、丁寧に村の中を紹介してくれる。

その全景は、踏み入れて一歩目で覚えたものと大差ない。

やはり各所に魔導具の残骸が転がっていて、家屋は掘っ建て小屋程度の小さく脆《もろ》そうなものばかりだ。

「こちらが一応畑になっていますが狭く、この間の大雨でかなりやられてしまいました」

「……そうですか。では、水は？」

「水は井戸があるのですが、土が混じっているうえ、どうも異臭がするのです。山まで汲《く》みに行くことがほとんどですね。ついでに木の実やらの採取もしております」

かなりの惨状であることは、言うまでもない。

都市の、それもその中心に大きな居を構えてきた貴族の生活環境とは、そのすべてがまるで違う。ほとんど文明の発展していない生活だ。

呆気《あっけ》に取られているうち、空き家になっているという一軒の家を仮の住まいとして紹介してもらったところで、村案内が終わった。

彼らはクロツキノワの処分をしてくれると言って、去っていく。

「予想以上ね」という淡白な感想が、セレーナから漏れる。

彼女も少なからず衝撃を受けているようだった。

言葉少ないときほど、冷静そうに見えて、戸惑っている。

「俺にしてみれば、期待の随分下だったよ、色々と。というか、この家も寝泊りできるような環境なのか？　風で吹き飛びそうだぞ」

「ありえないとは言えないわね。それに、そもそもこの村自体が危険よね。まだ柵は壊れたまま。クロツキノワの残した匂いに惹《ひ》かれて、また入ってくるかもしれないわ。魔物が魔物を引き寄せるから」

「……そうだな」

うーん、なんて考えることが多いのだろう。

俺の理想たる究極スローライフをやるには欠けているものが多すぎやしないだろうか？

「せめて、村の外まで誘《おび》き出してから倒すべきだったか……。そこまで頭が回らなかったよ」

だって、半ば腹いせで倒したわけだしね……。

悪手だったかと唇を噛《か》む俺の肩に、セレーナがぽんと手を置く。

「あの状況なら仕方がないわよ、きちんと後処理をすればいいだけのことじゃないかしら」

本当に令嬢かよ、ってくらいの落ち着きだな、まじで。

少なくとも、街中で噂されているような『深窓のご令嬢』像とはかけ離れている。

普通、ご令嬢様がこの状況で冷静な判断なんてできないからね？

そういう意味でも、彼女が一緒に来てくれてよかったのかもしれない。

「クロツキノワを処分すると言ってくれているなら、なによりの問題は柵ね。村人たちは、夜も交代で見張りをするそうだけど……」

「非効率すぎるし、魔法も使えない村人が見張ってても安全とは言えないよな」

それは、ゆゆしき大問題だ。

なぜかといえば、ひとえに安眠ができないから。

今俺がどうしてもしたいのは、安眠なのだ。

ただの睡眠じゃなくて、ひたすらに安らかな眠り。そのまま身体が溶けていきそうなほど幸せな眠りである。

そして身の危険を一切感じず、心地と都合のいい夢を見たあと、好きな時間に自然と目を覚ます……。

あの幸福感ある睡眠だけを、俺の身体は求めている。

そのためならばと覚悟を決めて、一つ息を吐いた。

「やるしかなさそうだな……」

「やるってまさか、あなたが朝まで見張るの？」

「そんなことするわけないだろ、面倒くさい。っていうか、無理。色々あって寝不足なんだよ

「……あら、そうなの。馬車の上は揺れるからかしら。ふふ、意外と繊細なのね」

この二日ほど

セレーナの匂いやら柔らかさにドギマギしすぎたことが実際の理由なんだけどね？

まぁとにかく、身体は疲れ切っているという点は同じである。

繰り返すが今必要なのは、安眠だ。

その前に立ちはだかる課題ならば、なんだろうが解決する。

――できれば、可能な限り最低限の手数で。

そう決意して、俺は壊れた柵の元へと向かった。

9話　ただ寝たいだけなのに救世主扱いされる

俺はセレーナとともに、小屋の前を離れる。そうして歩いて向かったのは、村の外縁だ。

村の半周を覆うくらいの範囲で、柵が壊されていた。

その上を踏み潰すように、さっきのクロツキノワの足跡が残っている。

俺とセレーナはしゃがんで、その壊れた柵を拾い上げた。

「壊れた跡に、さっきの魔物が踏んでる。これ、人による仕業みたいだな」

「えぇ、この切り口はどの魔物の牙や爪跡にも当てはまらないわ」

「……やけに詳しいな」

そういえば、そうだった。

愛読書は『魔物辞典』と『黒魔術応用』なんだったよ、この子。

できれば、つっこみたいところだったが、この情報はクロレルと入れ替わっているときに「秘密ね」と教えてもらい知ったものだ。

入れ替わりがばれかねない発言は、例の呪いが発動するトリガーになりうる。

迂闊《うかつ》に口にはできない。

「たくさん図鑑で読んできたから。必要だったら、鑑定も使うけど?」

そのうえ彼女は、一族の固有魔法「鑑定」の使い手でもある。

つまり、彼女はこのうえないほど状況把握にはもってこいの人材というわけである。

「どんな人がやったかまで分かるのか？」

「そこまでは無理ね。よく知った人なら、残った魔力や気で判定できるけれど」

「そうか。見てみたいけど、じゃあ今回はいいよ。わざわざ魔力使ってもらっても、疲れちゃうだけだしな」

「そう、分かった。でも、なにをするつもり？」

「見てたら分かるよ。少し離れてて」

この技はとにかく、魔力を切らさない根気と精密さがカギとなる。

俺は集中力を高めるため、目を閉じて手元に魔力を集めていく。

頭に思い浮かべるのは、万全に機能をしている魔除け柵だ。そのイメージが一つの形が定まったところで、左の掌を地面につけた。

「大地よ、創造の源たる大地よ。その偉大なる力によりて、歪《いびつ》なるものに正なる形を取り戻せ。『元来回帰《がんらいかいき》』……！」

大技がゆえに、今回は詠唱もいる。

唱え終わると、魔法陣が浮かび上がってきた。

発された茶色の光は、壊れてジャンクと化した柵へと移り、またその隣の柵へと伝っていく。

かけたのは、『修繕魔法』だ。

土、水、風、火、光と魔法が五属性あるうち、土属性に当たる。

土の魔力の特徴は、「構築」。

ただ土を動かせるだけではなく、対象物体の構成組織に働きかけることで状況によってはこうして物を修理することもできる。

過去に一度知り合いの貴族が使っているのを見て、目と感覚で盗んだ。

ちなみに習得した理由は、『わざわざ修理屋に行かずに済むなんて、めっちゃ楽じゃね？』である。

俺はそれを、辺り一帯の壊れた柵へと一気にかけていく。

そして、壊れた柵は数秒のうちに無事元通りになった。

なんなら、既存の柵とは違って新品同様の輝きを放っている。

「……直ってる、本当に。しかもこんなに広範囲で……。普通、修繕魔法ってもっと小さなものにしか使えないんじゃなかったかしら」

「あー、そういう細かいことは分からないんだけどな。嘘はつかないよ、別に」

俺はふっと彼女に笑いかける。

少しは格好がついたかと思ったが、同時に頭がくらっときた。

「ちょっとアルバ、大丈夫⁉」

わざとじゃなく、ほんとにうっかり彼女のほうへもたれかかってしまう。

この魔法の唯一といっていい欠点が、これだ。

セレーナの言っていた通り、本来この魔法はせいぜい小物を修理するのがやっとの技である。

精度を高めるために、かなりの魔力を要するためだ。

魔力は、身体の生気に等しいとされている。

それを広範囲に向けて放出したようなものだから、体力の消耗は尋常じゃない。

とくに俺は普段から鍛えているわけでもないしね。

「うん、一時的にこうなるだけだから、すぐ戻るよ」

「……そ、安心した。ならよかった。でもあんまり無理しちゃダメよ」

彼女は俺の頭を自分の肩に寄せると、少し微笑む。それだけでなく、いつくしむように髪を梳《す》くようにして、撫《な》でてさえくれた。

降って湧いた、幸福な時間であった。

優しい響きを持ったその囁《ささや》くような声には、それだけで回復効果があるかのよう。身体の重みが抜けていく。

なんならすぐにでも眠気を誘われそうになるくらいだったが、なにやら家の陰から物音がする。

「あんなに壊された柵が一瞬で……すごい」

「なんてお人！　さっき噂で聞いた通りね」

いつのまにか村人の女性二人が、俺たちを見ていたのだ。

彼女らは、すぐに村の中心地のほうまで駆けていく。

「奇跡だよ、すごい！　すごいことが起きた！」

そのすぐあと、家々が並ぶほうからこう吹聴する声が聞えてきたのだから、もうどうしようもなかった。

「ふふ、ほんとに救世主になってるわね、アルバ」

「俺、安全に寝たいだけだったんだけどなぁ」

◆

さて、思いがけず評判を上げる形にはなってしまったが、とりあえずこれで安寧に眠ることができる。

そう思っていたのだが、問題はまだ残っていた。

「こんな大きな魔物、どう処分するんじゃ……」

「食べられるかも不明だし、どうしたらいいんだか」

引き受けてくれたはいいものの、村人たちはクロツキノワの処分に大層苦労しているらしかった。

見に行けば、さっきと状況がほとんど変わっていない。

皮が少しはがれている程度だ。

そうなると、村人たちの視線は俺たちに向くこととなる。

だが、俺とてまともに魔物の解体などしたことがない。倒しても、その場に放置してくることがほとんどだった。

俺が首を横に振ったところで、セレーナが一歩前に出る。

「私に任せて」

端的にこう言い残すと、一身に注目を集めながら彼女は集団の中へと割って入っていった。

クロツキノワのそばまで辿《たど》り着くと、腰をかがめてその全身を見回す。

「うん、大丈夫。アルバがほとんど外傷を加えずに倒してくれたおかげで、肉の状態としてはかなりいいわ。そこのあなた、包丁をお借りしても？」

「え、あ、はい……！」

そしてあろうことか、呆気に取られている村人から包丁を借り、巨大な肉を捌《さば》き始めたではないか。

まさかそこまでできるとは思わなかった。

もうどこだろうと、逞《たくま》しく暮らしていけるくらいの能力だ。

というか、遭難してもやっていけるのでは？　本当に令嬢ですか、セレーナさん。

……と思いきや、ここまでの大物を捌くこと自体は初めてらしい。

時折、本の内容を思い出すようにぼそぼそ呟きながら、包丁を入れていく。

大魔物の解体ショーだ。

それも、圧倒的なまでの美人が魔物の上に乗りかかるようにして、それを行っているのだから普通はめったに見られるものではない。

その姿は村の人たちの関心も引いたようで、やがて村人のほとんどが出てきて辺りを取り囲む。

こりゃ寝るのは随分先になりそうだなぁ……。

そう遠い目で彼女が躍動するのを見ていたところへ、セレーナが言う。

「このクロツキノワの肉は、かなり美味だって話よ。とくに腹の部分には筋が少なくて良質な脂が乗ってる。しかも熟成不要で、口の中で溶けて消えるそうよ。塩だけでも十分、堪能できる」

一気に食欲を掻《か》き立てる煽《あお》り文句だった。

眠気に押されて消えかかっていた食欲がむくむくと、その姿を現す。続けて、気の抜けそうな音がお腹から鳴った。

そういえば、しばらく携帯食とマフィンしか口にしていないのだ。

こうなったら、『飯食って寝る！』に予定を変更するほかない。

俺はなにも分からないなりに彼女を手伝って、いよいよ解体を終える。ナイフやら手が汚れてしまったが、そこは彼女が水魔法により浄化してくれた。

本当に、どこでも生きていけそうな能力である。

「アルバ。これ、配ってもいいかしら」

「もちろん、最初からそのつもりだよ。どうせ大量に余るだろうしな」

俺たちがこんな会話をするのに、住民たちはわっと沸く。

その後、一部の男らが「よしきた」とばかり、勇み足で集落の端にあった小屋へと向かっていった。

「彼らはどうされたんですか」

住民の一人にこう聞けば、

「こうして大きな食材が手に入ったり、金が入ったりしたときはみんなで飯を食うんでさぁ。よかったらお二人もどうです？　魔物も退治してもらったうえ、食材まで貰《もら》っちまったんだ。どうか、お礼をさせてくだせぇ。俺たちとなんかでよければ、ですが」

とのこと。

こんなときのために、少しなら酒もあるのだとか。

要するに、焼き肉で宴をしようというわけらしい。考えてもみなかったが、この流れではもう断りようもない。

それに、こういった行事自体は嫌いでもないのだ。

ドレスコードやらなにやら、貴族のしきたりにやたらと縛られたパーティーよりはよっぽどいい。

「うん、じゃあお言葉に甘えさせてもらおうかな。ちょうど、いい挨拶にもなるし」

「そうね。せっかくだから懇親会にしましょうか」

村人たちによる準備が着々と進む。

倉庫から持ち出されてきたのは大きな鉄板と、焚火台《たきびだい》だ。彼らは慣れた手つきでそこへ薪を放り込む。

ここまではいい感じだったのだが、問題は「火」だった。

いわゆる火打石を何度も打ち付け合って、起こさんとし始める。どうやら、今はどこの家の暖炉にも火がない状態らしい。

もう待ってはいられなかった。

ただとはいえ、ここで魔法により火をあっさりつけようものなら今後毎回その役割が回ってくるかもしれない。

悩んだ末に、とある作戦に出た。

「おぉっ、火が付いたぞ！　こんなに早く、付け木に火が移るなんて久々じゃないか？」

そして、無事にそれは成功してほっと胸を撫でた。

火打石が発火したタイミングに合わせて、付け木を火属性魔法で燃やしたのだ。

超最低限の力で。

さっき大量に使ったばかりとはいえ、それくらいの魔力は残っていた。

「アルバってば、やった？」

誰にも気づかれていないと思ったから、どきりとしたが、さすがはセレーナだ。

鑑定魔法を使わずとも、その目はたしからしい。

「まぁな。こんなところで時間食うのももったいないし。どうせ食うなら、肉を食いたい」

「そうね、その通り。ありがと」

それには思わず、少しにやけてしまった。

大衆に褒めそやされて興奮する趣味はないが、セレーナからとなれば話は別だ。何人に持ち上げられるよりも価値がある。

その後、無事に肉は焼けて、それを村人らと一緒にいただいた。

セレーナの言っていた通り、クロツキノワはなかなかの美味だった。

そもそもの肉に少し辛味があることもあって、塩と胡椒《こしょう》だけの簡単な味付けでも十分なくらいだ。

濃い脂が噛むほどに染《し》み出て、幸福感を生み出す。

正直、一流料理人の作るわけの分からない名前の料理よりよっぽどいい。

「美味しい?」

「顔見れば分かるだろ、ってくらいにはうまい!」

俺はセレーナににっと笑いかける。

そんなわけで、トルビス村にやってきた初日は更けていった。

前途多難でありながら、前途洋々。

先の見えないことへの不安と、これから先の自由な人生の希望が入り混じる中で。

2章　辺境領地の整備を始めたら
思わぬ仲間が増えた件

10話　【side: クロレル】アルバの雇った有能な役人たちにクビをつきつける

ハーストン辺境伯家は、ドナート王国の中でも有数の力を持つ貴族家だ。

王都からは離れているものの広い領土を有し、とくにハーストン家が直轄している城下町は文化の発展が進んでおり各地から視察が訪れるほど。

しかし、その一つであるはずのクロレルシティはまさに今、崩壊への道を辿ろうとしていた。

自己顕示欲から、都市の名称を自分の名前に変えた男、クロレル・ハーストンの手によってだ。

「えっ……！　また例の税金を、住民に課すのですか？」

「あぁ、なにか問題があるか」

「失礼ながら、言っていることが少し前と正反対になっておりますが」

「ふん、新顔か。いいから、言う通りにしろ。ここ数か月の俺は血迷っていたんだ」

嫌がらせがてら、弟・アルバが追放されるのをわざわざハーストンシティまで見送りに行き、自らの管轄下であるクロレルシティへと戻ってきてすぐ――。

クロレルが一方的にこう突きつけた相手は、財務担当だった役人の一人、バーズ。

入れ替わりが起きていた際、弟のアルバにより採用された元学者である。

「し、しかしクロレル様！　市場の活性化計画はまだ途上です。今ここで方向転換などすれば、また街が混乱してしまいます！」

バーズの意見は、至極真っ当なものであった。

そもそもクロレルの自分勝手な政策により、痛めつけられていた経済を救うための税軽減策だ。

「おいお前。今、俺に意見したか？」

ただそれが正論だろうがなんだろうが、クロレルが苛立ちを覚えたのはその点だった。

苛立ちから、バーズを睨みつける。

「そ、それはクロレル様がなにか思うことがあればなんでも言ってくれ、とおっしゃるから……！」

「うるさい、それももう終わりだ。これ以上口を開いたら命がないと思えよ。俺は貴族様だぞ」

彼はそう言うと、自分の手首を掲げて見せる。

そこにあるのは、魔法を使える証たる炎属性の紋だ。

それも、彼はハーストン家に伝わる血統固有魔法『威風堂々』を有している。相手を怖気づかせる『魔圧《まあつ》』を発動できるのだ。

紋をちらつかせるだけでも、脅しには十分なはずであった。

実際、バーズは黙り込む。しかし、その目に反発する気持ちがあるのは、見て取れた。

自分を否定しようとするものすべてが、クロレルは許せなかった。

突発的な怒りから、剣を抜く。

だが、そこで一応手をかけることは思いとどまった。

その刃にオレンジの炎を纏わせ、バーズの首元に突き付ける。

「おい、お前。今日でクビだ。早く出ていけ」

「な、なにを……！」

「聞こえなかったのか、愚か者め。もう一度言ってやる、クビだ。それとも、このまま串刺しにされたいか？」

ここまで言ってやっと、バーズは引いた。

形だけの謝辞を述べると、執務室を出ていく。

扉が閉まるのを見送るや、クロレルは執務室の椅子を蹴り飛ばす。たまりにたまった鬱憤が彼にそうさせたのだ。

「まったく、どいつもこいつも舐《な》めやがって。やっぱ、アルバの無能が召し抱えた奴らはまるで使えないな。主様の意向を汲めない部下なんて、誰が欲しいんだ、まったく」

クロレルが、アルバの採用した部下を追放したのは、これが初めてではなかった。

入れ替わりが元に戻り、この二週間ですでに五人目である。

全員、弟のアルバが採用してきた部下だ。

この三か月で、アルバはかなりの政治改革を行っていたのだ。

人事も例外ではなく、これまではクロレルの息のかかった者で固めていたのだが、それらの役人は全員辞めさせられ、ごっそりと入れ替えられていた。

「使えない奴の部下は、使えないってことか。ふん、道理は通るな」

クロレルは舌打ちをしながら、こう自分を納得させる。

――だが、実際には真逆であったことは言うまでもない。

彼らはたとえるならば、アルバが残していった財産だ。

そのまま雇用していれば、それだけで政治がうまく立ちゆくような優秀な人材をアルバは選りすぐっていた。

だが、それをクロレルは私情だけでクビにした。

そんなまかり間違った独裁的政治に、未来があるわけもない。

……ないのだが、当の本人はそれに気づかない。気づけない。

そして、そのあってはならない鈍感さは当然のごとく、求心力の低下を生む。

「失礼いたします。役人が五名、辞職届を出しましたのでご報告に上がりました」

やってきたお付きの執事から渡された辞表には、『少し前までは立派な領主になれそうだと思っていたが、また元通りになってしまった。もう、ついていけません』などと書かれている。

クロレルは苛立ちに任せて、それを破り炎魔法により燃やしてしまう。

「ちっ、そんな報告になんの意味がある！　勝手にしろ。代わりはいくらでもいるだろ」

「それと、申し上げにくいのですが……」

「なんだ、まだあるというのか」

「ええ、それが。セレーナ様がハーストンシティでご失踪なされて数日が立ちましたが、目撃情報はいまだになく。捜索は難航しているとのことです。破れたドレスと指輪が辺りに捨てられていたそうですから、もしかしたらなにか被害に遭われた可能性もあるようです」

「ちっ……。手間をかけさせやがってお飾り妻のくせに」

「申し上げにくいのですが、まだありまして……本日、クロレル様がアルバ様の屋敷より連れてこられたメイドが辞表を置いて去っていきまして……」

「……ちっ、くそ、どいつもこいつもふざけやがって‼　もういい‼　とりあえず下がってろ、うすのろ執事め」

もう、たぎる腹立たしさを抑えることはできなくなっていた。

怒鳴られた執事は、慌てて外へと出ていく。

その後クロレルは制御できなくなった魔力により、近くにあった書類を燃やしてしまった。

大事な公的文書なども混じっていたが、我を忘れた彼にそんな分別がつくはずもない。

なにより、こんな蛮行を咎《とが》めるものさえ、彼の周りにはいないのであった。

11話　トイレを作りたい

結論から言おう。

まじでめちゃくちゃ寝た。時間も気にせず、とにかく気が済むまで寝た。

魔物の脅威は去り、腹もたっぷり膨れたうえでの睡眠だ。

たとえばベッドの弾力が少し物足りなかったからといって、関係ない。

俺は、ぼやぼやとしぼむ目を開け、しかし起き上がる気にはなれずに身体を横に向ける。

「あら、やっと起きたの。お寝坊さんね」

そこではセレーナがうつぶせで寝転がり本を読んでいたらしい。

寝巻き姿の彼女は、俺の顔を覗き込むように見て、くすりと笑う。

見れば、俺と同じ毛布を被っていた。

足元に目をやれば、光を弾いたみたいに白く形のいい脚が毛布の先で持ち上げられている。

爪の先まで芸術品かのよう、なんて息を呑んだところで、やっと正常な思考が帰ってきた。

俺は自分の顔を強く叩《たた》いて、跳び起きた。すぐにベッドから飛び降りる。

……おいおい、ちょっと待て。これは一体どういう状況だ……？

「な、なんでセレーナがここに？　どうして同じベッドにいるんだ……！」

「急になに。耳が痛いわ。なんでって、昨日のこと忘れたの？」

も、もしかして俺はやってしまったのか。食欲を満たした次は、性欲ってそういうことですか⁉

だがしかし、俺にそんな記憶はまったくない。呆然《ぼうぜん》としつつ、ただただ首を横に振る。

「……そう。それは残念ね」

「いや、その、えっと……」

もし本当に、そういうことをしてしまっていたのなら。

覚えていないのは最低すぎる。俺が頭を下げかけたところで彼女は言う。

「よっぽど眠かったのね、きっと。あなた、家に入るなり藁《わら》でベッドを作って寝ちゃったじゃない？　でもこの家には、これしかベッド台がなかったの。だから、一緒に使っていいかって聞いたわ。そしたら、うんって。あれは寝言だったの？」

一気に身体の硬直が解けた俺は逆に力が抜けて、枕へと崩れ込む。

とにかくよかった。あらぬ行為が行われていなくて本当によかった。


そんなある意味で刺激的だった寝起きを終え。

昨晩の残りであるクロツキノワの肉とセレーナ持参のマフィンを食べ終えた俺たちは、仕方なく家を出た。

時刻は太陽から察するに昼過ぎ。

本当はもう少し引きこもっていたかったが、そうはいかない事情があった。

「よくあんな環境で寝てたな、俺たち……」

「疲れてなければ難しかったでしょうね。隙間風もひどいし、カーテンもないような環境なんてこれまでで初めてよ」

ボロ屋すぎてなにもかもがままならないのだ。

かつてクロレルと入れ替わっていたとき、街でもっとも料金の安い宿屋を視察がてら訪れたことがあるが、そこの設備よりも数段劣る。

そのあたりをどうにか揃《そろ》えていかなければ、いつまでも理想は程遠いところにあるままだ。

まだまだ先は長い。

一方で先が短いものといえば……

「一番はなによりトイレだな。さすがに、草むらでするのはない。まじでない。少なくとも俺のスローライフにおいては許されない」

「私はいいけどね」

「おいおい、ご令嬢がそんなこと言うものじゃないでしょうが」

おトイレ、これほんとに大切。お風呂は水浴びで凌《しの》げないこともないが、こればかりはないと生理的に厳しい。

簡易式の紙に包んで廃棄するものなら持っているが、とはいえ個数に限りもある。

「でも、トイレなんてどうやって作ろうっていうの」

「そこが問題だ。あんなものどうやって……」

理屈を知らないわけではない。

便器があってスイッチを押せば、タンクに貯められた水が流れる。流れた水は設置された管を通り、下水を処理する魔導装置へと流れつく。

そこで、肥料などになる固形物と液体とに分けられ、あとは川などに放出される。

「結構、高度な魔導具が必要ね。とくに、水と便とを分解する装置なんて簡単にはいかなさそうよ」

「そうだな……。っていうか、セレーナさん。あんまり便とか言わないほうがいいんじゃや？」

「あら。もっと直接的な言い方がよかったかしら」

いやいや、そうじゃないし！　そこで、顎に指を当てて上目になっても、気品は出ないからね？

俺はセレーナの奔放な発言に呆れて頭を掻く。

「お、アルバさん、セレーナさん。こんにちは」

そこへ一人のご老人に声をかけられた。

「なにを探されているのですか。よかったらお手伝いしますぞ。なにせあなた方は我々の救世主──」

「いやいや、俺はただここに派遣されただけでそんな大層なものじゃないですって」

「はは、あまりご謙遜なされるな」

「そうよ、アルバ。手伝ってくれるって言ってるんだから、お願いしましょう」

まあ、昨日の今日で誤解は解けないか……。

俺はとりあえずは諦めて、そのご老人に事情を伝える。

「はぁ、トイレですか。それならば、ありますぞ」

するど、出てきたのはまさかの情報だった。

「え、あったのですか」

「えぇ、といってもまぁ……。見ていただいたほうが早いですな。どうぞ、こちらへ」

老人に連れていかれた先にあったのは、たしかにトイレだった。

形は、都会で見慣れたそれと同じだ。

便器があって、便座があって、なんだか無性に座りたくなるというか気張りたくなる。

ただし、陶器は割れているし、水洗機能などもちろんない。

なにがとは言わないけど、すぐに漏れ出すね、これじゃあ。

つまりただのジャンク品だ。

「これも捨てられた魔導具ですか」

「そうでございます。これがトイレと聞いたときは驚きましたなぁ。都会の人間はこんな立派なものを使って、しているんだとねぇ」

老人がしみじみと言う。

それに対して「では、ここではどんなものを？　椅子に座ってやるの？　それとも草むらで……」などとセレーナが話を広げようとするから困った。

まじでそのあたりの思考が令嬢じゃないよね、この子。

俺はわざとらしく咳払いをしたあと、話を切り替える。

「それで、このトイレは今残っている部分だけ捨てられていたんですか？」

「いやいや。元はもう少し色々とついていたが、そこは切り離して売ってしまったよ。ゴミから売れるものを集めるのは、この村の生業《なりわい》の一つですからのう」

だとすれば、ここに転がっているものはいわばトイレの残骸というわけだ。

「なら、修繕魔法じゃ効かないな……。あれは、その場に材料が残ってないとできないんだよ。昨日はたまたま切り崩された柵がそこに残っていたからできた……」

「あらそうなの。それでなくても、心配だから乱用はしてほしくないけれど」

「そう言われちゃったら余計にできないな」

できれば彼女には、無用な心配をかけずにやりたい。

考えるときの癖、俺は付近をぐるぐると回る。

「ならば、アルバさんや。たとえば、この樽をトイレにしてしまうのはどうかの。とりあえず貯めて捨てに行けば済みますぞ！」

そこで、ご老人がこう提案されて、俺はふと立ち止まる。

「あ、あぁ申し訳ございません。貴族様に意見をするなど、あるまじき無礼を――」

「そうじゃない、そんなこと気にしませんから。むしろありがとうございます、ご老人！」

その意見のおかげで、迷路を彷徨《さまよ》っていた俺の思考に一つの抜け道がはっきりと見えた。

そうだ。とっておきの魔法を一つ、俺は持っているじゃないか。

俺は地面を注視しながら、村を練り歩く。

まず拾い上げたのは昨日蹴とばしてしまった蛇口だ。

その後、壊れていた樽や、なにかの管、割れた磁器なんかを集めてトイレの前まで運ぶ。

「あ、アルバさんどうされましたかな？　片付けでございますか？」

「違うわよ、きっと。なにか思いついたのね、アルバ」

「……あぁ、まぁな」

これがうまくいけば、トイレができるだけの騒ぎではない。

もっと色々なことにだって、応用が効く。

俺が使ったのは、再び土属性魔法だ。

その「構築」特性により今度は修繕ではなく、作成を行おうというわけである。

俺は片膝をつくと、手首に左手を添え、地面に右手をつく。

「ちょっとアルバ、それ昨日と同じじゃ……」

不安げに眉を落として俺を見守るセレーナだったが、俺は大丈夫だという意味で笑いかける。

「すべてを攫う風よ、創造の源たる大地よ。理を壊し、望みを創れ。『有形創成《ゆうけいそうせい》』！」

そして、詠唱により魔法を発動した。

昨日とは属性も異なるものだ。

魔法陣の外周からまずは煌々《こうこう》と輝く光が立ち上り、集めてきた魔導具の残骸たちの周りを覆っていく。

目を開けても、なにが起きているかは眩しくて見えはしない。

だが魔力に意識を澄ませれば、創られているものの形はしっかりと把握できる。

しっかりと完成したことを確認してから、俺は右手首に添えた左手を軽く握り魔力の放出を止めた。

セレーナは俺がまたふらつくと思ったらしく、すぐにこちらへ近づこうとしてくる。

だが、俺は自分で立ち上がり、平気だとアピールするため両手を上げてみせた。

「だから大丈夫だよ。問題ない」

強がりではなく、本当に。

それでも不安なのかセレーナはその目を一度すがめ、俺の周りを一周して見回したあと、目をしばたいた。

「……あれ、ほんと。どうして？　たしかあの魔法は魔力をかなり使うって話じゃ」

「まぁたしかに、これを全部俺の手で作ってたらそうなっただろうな。そこそこ大きな工作物だし。でも、そうじゃないから」

昨日は、村の半周を覆うくらいの広大な範囲に修繕魔法を使ったため、かなりの消費量を強いられた。

しかしその点、今回は勝手が違う。

なぜなら俺自身は大したことをしたわけじゃない。すでに形のあるものを随所に利用させてもらっただけなのだ。

「……おぉ、これが……！　これが噂に聞く、都会の良民たちが使うというトイレですか！　いやはや、全体で見るとこんな形なのですね」

さきほどのご老人は出来上がったものを恍惚《こうこつ》とした表情で見て、新鮮そうに言う。

が、それは少しばかり違った。

「いいえ、違うわ。これはなんと言ったらいいのかしら。……おトイレもどき？」

「うん、まあせいぜいそんなところだろうな。要するにつぎはぎだしな」

欠けていた便器は、村に落ちていた陶器の欠片を再構築することで元の形へと戻した。

貯水タンクの基礎は、大樽だ。中をくりぬき縦に重ね、周りを陶器により覆った。

そして、あの蛇口から水が流れ出ることにより便は管を通って、最後には便を貯めておく樽に辿り着く。

行きついたところには、フィルターがあり、水と便を分離する。

「でも、こんなのどうやって……。土属性だけじゃなくて、風属性も使ったの？　同時に？」

「うん、まぁそういうこと。風属性の魔力の特徴は、『破壊』だろ？　そのあとに土属性で『構築』したんだよ。面倒だから同時にね」

「……うん、理屈は分かるわ。でも、そもそも普通一人で二つ以上も属性魔法使える人なんていないのよ。それを同時にやるなんて、ありえないのよ、本来。神話に出てくる伝説の魔導士レベルよ」

「それはどう考えても言いすぎだっての」

まぁたしかに前例がなかったので、この技も詠唱も、オリジナルのものだ。

何度も使ううちに、もっとも効率よく魔力が伝わるものを見つけ出した。

もちろん、例のメモ帳にもばっちり記してある。

「……あぁ、そうかしら？」

「ん。なんだよ、その興味のなさそうな返事は」

「そういうことじゃないわ。あまりにも異次元だから、驚く時間が長いの。驚きが持続してるの」

うーん、そんなことはないと思うんだけど。

俺にしてみれば別にすごい勉強をして、論理式を立ててやっているわけでもないしね。

実践する中で、感覚を積み重ねただけだ。

「ま、そんなことはいいよ。なにより、これであとは囲いを作ればトイレができるな」

「……というか、アルバ。この分ならトイレどころか」

「セレーナも気づいたか？　うん、これなら他のものだって作れるかもしれないな」

はじめに来たときは、ゴミの山に絶望したものだが……それは本質を見ていなかったからなのかもしれない。

この村には宝が転がっている。

12話　住環境の整備、進んでます

それから約一週間ほど。

朝（といっても、例によって昼前だが）、俺は外の扉が開く音で目を覚ました。

身体を起こしてみれば、そこには頭にタオルを巻いたセレーナの姿がある。

「あら、やっと起きたの」

うん、なんか毎朝同じことを言われている気がするなぁ、俺。

でも、彼女は決して咎めたりはしない。緊急でなければ、思うさま寝させてくれる。

あれ、もしかして女神？

「おはよう、セレーナ。湯を浴びてきたんだな」

「そうよ。昔は朝から入るのが習慣だったの。それにせっかく、アルバが井戸を直して水まで引いて作ってくれた公衆シャワー。使わないのはもったいないもの」

にこっと笑いながら、彼女は髪をタオルでぬぐう。

そうして彼女用に新しく作ったベッドに腰かけると、今度は魔導乾燥機を髪に当てて乾かし始めた。

なんてことのない生活の一コマ、しかしそれがゆえにその美しさが際立つ。

彼女の髪から飛ばされる水滴さえ、きらめいて映るのだ。

あれ、やっぱり女神……？

「これも、作ってくれてありがたいわ」

「え、えっと、なんのこと」

「聞いてなかったの」

いや、そういうわけじゃないのだけど。

見とれて耳半分になっていたことは否定できない。

だがそれを直接言えるほど、俺はキザな人間でもなかった。

「この魔導乾燥道具よ。きちんと髪も乾くし、うるおいも残る。こんなものが使える生活なんて、クロレルシティを出てきたときは考えもしなかったわ」

「あぁ、それのことか。俺もだよ。乾燥機の残骸が転がってて助かった」

「探せば、街で使ってる道具の大概はあるものね。全部壊れてるけど」

村に公衆トイレを作ってからというもの――。

俺は『有形創成』によりさまざまな生活用具を生み出していった。

といっても、無限に魔力があるわけじゃないし、疲れるのは勘弁だ。

そのため、日々ちまちまと整備を進める。

その成果もあり、だんだんとではあるが、トルビス村の生活環境は整い始めていた。

まず取り組んだのは、衛生環境の整備だ。

大きな設備でいえば、シャワーを浴びる場所も作ったし、発生したゴミを燃やす炉も作った。

一つ一つを作るのにはそれなりに時間を要したが、これらがあるだけで、かなり生活は変わる。

清潔感のある生活が送れるようになり、精神的な負荷はかなり下がっていた。

その原材料が破棄されたゴミだというのは、少し面白い。

いずれは各家にトイレやシャワーを設けるくらい充実をさせたいところだが、それはおいおいだ。

今はさきほどセレーナが使っていた乾燥機みたいな、「あったらいいな」の小道具を作りながら、住環境の整備を行っていく必要がある。

少なくとも俺は、そんなふうに計画を立てていた。

そんなわけで今日も、朝兼昼ご飯である干し肉（例のクロツキノワの肉が、まだなくならない！）と焼いたパンを食らって、家を出る。

シャワーどころで顔を洗ったら、やっと一日のはじまりだ。

もう太陽はてっぺんを過ぎている。

「よし、今日もやるか……！」

「やる気満々って感じね。さっきまで、あんなに眠そうにしてたのに」

「いつか完璧なスローライフを手に入れるためなら、働くことだってやぶさかじゃないんだよ。ましにはなってきたけど、正直まだ村に毛が生えた程度だしな。……一日、四時間くらいなら働くさ」

「……短いわね。街の労働者の半分じゃない」

「まあ、なんだ、ほら。根を詰めてやって、途中で挫折するのが一番よくないしね？　うん、ほら生活にゆとりがあるほうが画期的なアイデアも生まれやすいし」

俺はセレーナに、働きすぎないことがもたらす素晴らしい効能を語りながら、村を歩く。

最近は、ゴミ類の片付けを始めたこともあり、道端に咲く小さな花を愛でられるくらいには、綺麗になっていた。

といっても、まだまだ問題はある。

「あの畑の大きさじゃ、どう考えても狭いよなぁ」

たとえば、農地。

そこには小麦が植えつけられていたが、その広さは正直物足りない。もし不作に終わったりすれば、食糧問題が発生してもおかしくない。

「飯にだけは困りたくないし、いつかは解決しないとな」

「それは同感よ」

セレーナとそんなことを話しつつ向かったのは、村の中央にあるひときわ大きな建物。集会所だ。

「あ、アルバさんにセレーナさん！　お疲れ様でございます！」

中に入ると、作業をしていた男衆から口々に挨拶が飛ぶ。

セレーナはともかく、まだ俺なにもしていないんだけどね。

こうして集まって仕事をしている彼らのほうがよほど、お疲れ様であろう。

「あ、うん。おはよう。いつから仕事をしていたんです？」

「朝からでございますよ。これくらいしか、俺たちにはできませんからね。せめて、救世主もといお二人の力になれればと思いまして……！」

待って、この人たち律儀すぎない？

高いところに屋敷を構えてふんぞり返ってる貴族たちよりよっぽどいい人たちだと言える。

ちなみにだが、救世主呼ばわりされることにはもう慣れてしまった。

はじめは決めゼリフみたいに、『俺はスローライフがしたいだけなんです、俺の俺による俺とセレーナのためのスローライフが！』と言っていたが、村人らはそれでも聞き入れてくれなかった。

「アルバさんは自分とセレーナさんのためだと言いつつ、ここまで村を改善してくれた……。本当に謙虚な方だよ」

「うふ、それを言うなら謙虚というより照れ屋さんって感じ。本当はアルバさんが村全体のことを考えて日々仕事に励んでくれていることを知っているのにね」

ある日、村の女性たちがこんなふうに噂していたのを耳にしちゃったときにはずっこけたね。

だって俺の発言は、謙虚なのでも照れ屋なのでもなく本音だ。

たとえば俺だけの家が綺麗になったって、村の環境全体が改善されないままだと、公共での生活が改善されないから俺は整備を行っている。

それに自分たちだけ裕福になって、村八分に合うのも怖いしね。

「それで、進捗はどうです？　進んでいますか、魔導具たちの仕分けは」

俺は、この仕事場をまとめている例のご老人に尋ねる。

すると、ご老人はにこやかに笑って答えた。

「少しずつ要領も得てきましたからのう。それも、この磁気を持った探知魔導具のおかげじゃ。すぐれものですな、これは」

「まぁそれも元はゴミなんですけどね」

彼らにお願いしていたのは、捨てられたゴミたちを種類別に分ける仕事だ。

もともとは山ほどあるゴミ山から、毎回適した道具を見つけてきては「有形創成」を利用していたが、さすがに非効率がすぎた。

そこで、村人たちにこうして仕事を振ったのだ。

「それで、セレーナさん。判別のつかない材料も数がたまってきましたから、鑑定をお願いしてもよろしいですかな」

「えぇ、構わないわ」

それを、セレーナも鑑定という形で手伝ってくれている。

元の形が分からないほどに壊れてしまったものであっても、少なくともそれがもともとどんな道具であったかの鑑定はできるらしい。

彼女は魔導具の山の前にしゃがむと、まずは腰に差した巻物を取り出す。

それを地面に広げると、瞑目《めいもく》した。

「世の知をすべる賢者に、その存在の本質を問う。『魔導鑑定』……！」

そして、詠唱を行うとどうだ。

巻物に光が灯り、字がつむがれていく。

「セレーナさん。なんじゃったのかな、わしら字が読めないんじゃが」

「これは、もともと荷車を運ぶレールだったみたいね。材料は木材、樫木《かたき》だから丈夫な素材よ」

やっぱ、すごいね鑑定魔法。

自分の知識外のことでも、判別が行える点が本当にずばぬけて優秀だ。

だが、憧れても血統固有魔法ばかりは俺には使えない。

おとなしく、なにか作れる魔導具はないかと吟味を始める。

……そうやって、村の放置された魔導具たちの整理を進めていたときだ。

その事件は起きた。

「た、大変でさぁ！　アルバさん！　ゴミ山の中になにかワーウルフのような生き物が……！　姉さんが！」

もしかしたら、魔物かもしれない。

俺とセレーナは焦る村人の後ろについて、現場へと急行する。

しかし、そこで見たものは見たこともないもので……。

たしかにワーウルフみたくしっぽは長いが、その特徴である長い角は生えておらず、赤いはずの目はつぶらにさえ見えて少なくとも違う生き物だとは分かる。

そして、心配していたその村人は食べられるどころか、「くぅん」と鳴き声を上げるその生き物を心配してさえいた。

「なんだ、この生き物……。知らないぞ、俺」

俺は首を捻るが、横でセレーナが言う。

「……狼《おおかみ》ね。これは、その子供よ」と。

……はい？

13話　万能魔法で、聖獣救います！

「サントウルフ。エメラルド色の毛並みに、一筋だけ入った白の模様。間違いないわ、数百年生きるといわれてる幻の聖獣よ。これはその子供のオスね」

セレーナがすぐに鑑定をかけると、実際にそうだったらしい。

その名は、勉強嫌いの俺でも知っていた。

この世界には、瘴気《しょうき》を帯びる魔物もいれば、逆に光属性の魔力を帯びる聖獣もいる。

その中でもかつては人と共存し、繁栄したとされるのがサントウルフだ。

しかしあるときからはその立派な毛皮を目当てに狩りがされるようになり、その数を大きく減らした。今や狩猟を禁じられているほど貴重な存在だ。

「昔は人間とコミュニケーションが取れたなんて伝承もあるそうだけど、今のサントウルフは敵意をむき出しにするそうよ。人間が自分たちに害をなす存在だって分かってるの。賢い生き物ね」

「うーん、それにしてはおとなしくないか？　誰かが飼い慣らしてたのかな」

「その線は薄いと思うわよ。せっかく見張り番にもなるのに、わざわざこんなゴミの下で飼う必要がないもの」

「となると、ちょうどいい寝床だったのかも」

なるほど、賢いと評されるのも頷ける。

俺がここへ来るまでは、とくに再利用できないとされた魔導具のゴミは、捨てられては積み上げられる一方だった。

その下を住処にすれば、たいていの脅威を凌ぐことはできよう。

だとすれば、無粋な侵入者は俺たちのほうだ。

なにより相手が狼といえど、俺はその眠りを妨げてしまった。

もし自分がされるとなったら、たぶんかなり不機嫌になってるね、うん。

「えっと、とりあえず……まだ余ってたよな？　クロツキノワの干し肉」

「えぇ、余りすぎて困っていたくらいよ」

「じゃあ、寝床を作って餌をおいて、そっとしておこうか。暴れられても困るし、大カゴの中にいてもらうとしよう」

俺は集会所へと戻ると、ゴミ山から取り出してきた魔導具の残骸を元に、鉄製のカゴを『有形創成』によって生成する。

サボりばかりを極めてろくに特訓してこなかった俺だが、実践する中でだんだんと慣れてきていた。

単純な構造である鉄柵くらいなら、あっさりだ。

なんなら、落ちていた錠をそのまま利用して扉を作る余裕もあった。

だがそれを引きずってサントウルフのところへ戻ると、どうも様子が変だ。

「寝てたわけじゃないみたいよ。調子が悪いみたい。ずっと小さくうめいてたもの。ほら、目も一応開いてるわ」

「……弱ってるってことか」

「うん。『状態鑑定』もしてみたけど、間違いないわね。原因は、ほらこれ」

セレーナはサントウルフの両足に手をかけ、仰向けに返す。

すると、お腹の一部が出っ張っていた。

立派に生えた柔らかな毛の上から触ってみれば、ゴリっと固い。

「魔導具のなにかを食べたんだな」

「そうね、魔導灯みたいよ、胃の中ね。下手に動かせないわね、もし割れた破片が中で刺さっていたら、大変だもの」

セレーナの的確な分析により、その場にいた数人の間に落胆の空気が流れる。

そんな中、俺は一人、合理的判断と自分の思いとを天秤《てんびん》にかけていた。

本来なら、その強靭《きょうじん》な手足や牙でもって、人を襲うほど凶暴性のあるサントウルフだ。下手に助けて暴れられたら敵わない。

判断に迷っていると、

「くぅ……」

サントウルフがか細く鳴いた。

そのつぶらな輝きを持つ瞳で俺を懸命に覗き込んでくる。

これが決定打であった。

後先考えるのはやめだ。なにか起きたら、あとで責任を取ればいい。

俺は鉄カゴを脇に置いて、一歩前へと出る。

「まさか『治癒』でも使えるの？」

「いいや、俺は『治癒』みたいな血統固有魔法の類はなんにも使えないな。こんな状態に使える薬草も思いつかないし」

でもその分、属性魔法ならだいたいは思った通りに操れる。

俺はぐったり横たわるサントウルフの前にかがむと、その腹部分に手を当てた。

そこへ加えていくのは、『風』の魔力だ。

俺はそれをじっくりとサントウルフの体内へと浸透させていく。

魔力の先に意識を向ければ、それが触れているものの全容がだんだんと分かってきた。

さらに奥へと魔力をもぐり込ませていき、セレーナの言う通り、胃の中に一部が欠けた魔道灯を見つけた俺は、そこに魔力を集中する。

サントウルフに極力ダメージを与えないためだ。

そして万全の準備ができたのを確認したら、拳を握ることをキーに、風属性魔法を発動した。

胃の中から鈍い音がする。

同時に大きく膨れ出ていた腹が、だんだんと収縮していく。

少なくとも、やりたいことはできたようだ。

「な、なにをやったのですか。まさか殺して……」

村人さんが怯えたように言う。

鈍い音がしたわけだし、魔法が分からない人から見たら、たしかにそう思えるかもしれない。

「いいえ、違いますよ。身体の中の魔道灯にだけ魔力を伝わせて、一気に破壊したんです。粉々にしておきましたから、これで内臓を傷つけるようなこともありません」

「……胃の中の見えない道具を破壊……？　魔法って、そんなことまでできるのですか」

「ちょっとした応用ですよ。それに、セレーナの鑑定のおかげで、場所がだいたい掴めてましたから」

俺たちは、その後もしばらくサントウルフを見守った。

念のため、鉄カゴに入れたうえで、だ。

すると、彼はやがて立ち上がって近くに置いていた餌がわりのクロツキノワの肉を食らい、水をがぶがぶと飲む。

よほど飢えていたようだった。

それこそ、ガラスの魔導具を食べようと思うくらいには限界だったのだろう。

でも、あれが消化されれば粉塵《ふんじん》となった魔導具も一緒に出てきてくれるに違いない。

「今のところ、襲ってくる気配はないな」

「うん。やっぱり賢いっていわれてるだけのことはあるわね。あなたを恩人だと認識したのかも」

「そうか？　ただ腹が減って喉が渇いてただけじゃ……」

「検証してみたらいいわよ。そこから手、入れてみて」

いや、噛みつかれたりしない？　俺も餌だと思ってたりしない？

懐疑的に思いつつも、俺はなんの気なしに柵の隙間から試しに手を差し出してみる。

すると、どうだ。サントウルフは、ゆっくりこちらに近づいてくる。

獲物を見定めていたりして、と内心少し恐れていたら、彼は前足をとんと俺の手のひらに置いた。

ふにっと独特の柔らかな感触が指先を包んだ。

引っ掻いたり噛んだりはしない。

もう片手を出すと、今度は柵の隙間からひねり出すように顎先を乗せて、くぅんと鳴き声を漏らす。

「ほら、大丈夫じゃない。ふふ、初めて見た。聖獣がこんなにも甘えてるところ」

微笑を浮かべながら話すセレーナの声を片耳で聞きながら、サントウルフの頭を撫でた。

気持ちよさげにその目を細める姿には、強く心を揺さぶられる。

「……決めたよ、俺」

「あら、なにを？」

「こいつ、飼おう。名前は、この立派な毛から取って『モフ』だ」

「ふふ。可愛らしいわね。私的には青の旋風で『ブルーブラスカ』とかどうかと思ったのだけど」

うん、方向性が違いすぎるね。可愛いと格好いい、真逆と言っていい。

少し議論をしたのち間をとって、名前は『フスカ』に決まる。そこで、ふと思った。

「あれ、そういえばフスカが俺を噛まないってなんで分かったの。そんなことも鑑定できるのか？」

「……勘よ」

結局かい。

14話　暴れる大狼の裏に、潜む悪？

村人たちは、フスカを飼うことを快く受け入れてくれた。

懐いてくれさえすれば、サントウルフは実に頼もしい護衛になる。

そんな打算もあっただろうが、なによりみんな、その愛くるしい見た目に心を掴まれたらしい。

代わる代わるモフったり遊んでやったりして過ごす。そうしているぶんには、フスカも落ち着いていた。

そのうちに破壊した魔導灯の屑《くず》も無事に排出されて、平和で穏やかな夜を迎える……はずだった。

それを切り裂いたのは、甲高い遠吠《とおぼ》えだ。

最低限の防音性しかない家に、その声は響き渡る。

「……なにかしら」

「分からないけど、見にいくしかないか」

もうベッドに入り布団を被って寝る準備は整っていたが、仕方ない。可愛いフスカのためなら、寝る時間が少々遅れるくらいやぶさかではない。

そうして外へと出ると、目の前の光景に驚かされた。

村の空き地でサントウルフが暴れているのだ。

「フスカじゃなさそうだな……」

なにせ彼より二回り以上大きい。軽く俺の三倍近い体長があるうえに、毛の色は灰色がかっている。

それに、どういうわけか、血だらけだった。今もどくどくと血が流れている。

それを振り撒《ま》きながらも、サントウルフは鉤爪《かぎづめ》でフスカの入ったカゴを何度も打ち鳴らす。

「もしかしたら親なのかもしれないわ」

たしかに、我が子が捕らわれたように見えれば荒れるのも仕方がないのかもしれない。

が、これ以上暴れられれば村はただでは済まない。

実際に近くの倉庫は、壊れてしまっている。

「このままじゃあの子も危険よ」

「……痛みが分からなくなっているらしい。いつ血が足りなくなって倒れてもおかしくないな」

間近で見る迫力のある光景に、眠気はもう消え去っていた。

俺はサントウルフがこれ以上暴れないよう、彼の周りを囲うように地面を土属性魔法・地起こしで盛り上げて壁をなす。

それにより、サントウルフはぴたりと動きを止めた。

しかし落ち着いたわけではなく、身体全体で土壁を打ち壊し、こちらを振り返る。

フシューと息を荒くしながら身を低く沈め、睨みつけてきたと思ったら、こちらへ走り出した。

「水よ、穏やかなる水よ。永遠なる静寂を紡げ。『水紋波動』……！」

セレーナが水属性の魔法により、シールドを張る。

その技を一目見て、使えると思った。

「――――『水紋波動』！」

そのまま真似をしてシールドを後ろから重ねる。

そこへ、サントウルフは助走の勢いそのままに飛び込んできた。

大きな身体もあいまって、かなりの衝撃が魔力を通して伝わってくる。

「頼む、止まってくれ。俺はこの子を捕えてどこかに売り渡そうなんてつもりはないんだ！」

そうはいえど、言葉は伝わらない。彼は弾かれただけでは諦めてくれなかった。

何度も何度も攻撃を試みるサントウルフだったが、俺たちがシールドを張り続けていたらその勢いはやがて収まってくる。それでもなお立ち上がってこようとするから、俺は一瞬の隙をついてフスカのカゴを開けにいった。

「これなら信用してくれるか……!?」

より興奮させる可能性もあったから、いちかばちかの賭けだった。

中から出てきたフスカは、いまだ戦おうとするサントウルフへと寄り添う。なにやら鳴き声でやり取りを交わし合うと、やっと落ち着いたようで、彼は大きな身体をその場に伏せた。

ほっと漏らした息が、セレーナと重なる。

「……私だけじゃ、とても押さえ込めなかったわ。それにフスカで落ち着かせるなんて思いつかなかった。さすがね、アルバ」

「いいや。あそこで水属性魔法を使おうって考えついたのは、セレーナのおかげだよ」

「水属性の魔力の特徴は、『緩和』だもの。使えるかと思ったの」

俺たちはこう会話を交わしながら、ひとまずサントウルフの元へと歩み寄る。

後ろからは、騒ぎに起き出したのだろう住人たちもこちらを窺っているようだった。

「……ひどい怪我だな。ポーションでもあれば、ってここにはないよな。街にいたら、すぐに手に入るのに」

「アルバ。この傷、自然にできたものじゃないわ」

「さしずめ、誰かに狩られそうにでもなったんだろうな」

「密猟ってことね」

「あぁ。前に闇市の極秘視察に行ったとき、高値で取引されてるのを見たことがある」

禁止されたから、とそれをただ受け入れるような優等生だけではない。

今でもその滑らかな手触りを誇る毛皮を欲しがるものは多く、ある筋では、むしろ希少価値が上がっているのだ。

人の私利私欲により痛ましい姿で横たわるサントウルフに、俺は目を落とす。

「あら。アルバも闇市の視察に行ったのね。私も前にクロレルと行ったわ。もっとも彼がいい人間だったときの話だけど」

失言に気づいたのは、セレーナが返事をくれたときだ。

そうだ、あのときの俺はクロレルと入れ替わってセレーナと視察に行ったのだった。

「あ、いや、まぁな。俺のは、ちょっと前の話だよ。それより、とりあえずはこいつのカゴも作ろう。それから、この対処は考えようか！」

危うく呪いが発動するところであったのかもしれない。

焦った俺は有耶無耶《うやむや》にしようと、一気にごまかしにかかる。

「待って、アルバ」

が、それを止められてしまうものだから声がひっくり返る。

「な、なに？　なにかまずいことでも!?　嘘じゃないって、俺だってまじで視察に――」

「そうじゃない。この傷口。一緒よ」

「……なんのこと？」

「前に壊されていた魔除けの柵と同じ切り口よ。ほら、見て」

ばれなかったことに内心ほっとしつつ、覗き込む。

だが、俺には同意を求められてもさっぱり分からない。

ただ彼女の洞察力は、鑑定魔法を抜きにしても信用していた。俺は背後を振り返る。

すると、そこにいた村人は怯えたように目を逸らした。

「なにか知っているんですか？」

「わ、悪い。アルバさん。それだけは……他言しないよう言いつけられてるんだ」

思えば柵を壊した犯人を尋ねたときも、はぐらかされている。

どうも、よっぽど言えない相手のようだ。そして、村人が怯えてしまうような連中。

ならば被害者である彼らを無理に問い詰めてもしょうがない。

俺はサントウルフのほうへと向き直る。

「この傷、まだできて間もない。ということは、この山の暗闇にその悪党が潜んでるってことになるよな」

「そうなるわね。それも、かなり近いわよ」

「……じゃあ探しに行こうか、そいつら」

「あら、珍しい。あなたがこんな夜中に動く気になるなんて」

「今ここで捕まえて、すべて終わらせたいだけだよ。だらだら引きずるほうが面倒くさいだろ？」

このままじゃ、寝覚めが悪くなる。

15話　悪党退治は一秒未満？

怪我を負ったサントウルフの手当を村人たちに任せ、俺とセレーナは真っ暗闇の中へと繰り出した。

ただし今回は二人だけではない。

フスカも連れてきた。……というか村を出ようとしたら、ついてきたのだ。

「もしかしたら、親父の敵討ちをするつもりかも。やっぱり賢いわね」

「だな。親孝行なもんだよ」

「どこかの誰かは犯罪を重ねたうえに追放されてるけどね」

「改めて言わなくてもいいだろ、それ」

冗談を言い合いつつも、一応声をひそめながら俺たちは進む。

狼に出会う日としてはふさわしい、雲一つない満月の夜であった。比較的足元は見やすかった。

体長は人間三人分と、身体の大きなサントウルフだ。注意して見ていると、その足跡は山肌にたしかに残っている。

それを伝うようにして歩いていくと、少し開けた場所に出る。そこには、サントウルフらしき血の跡が一帯に散らばっていた。

どうやら、ここで一戦を交えたらしい。

「相手の血も残ってるかもしれないわね」

セレーナが鑑定魔法により、現場の鑑定を行う。

そうして見つけた敵の匂いをフスカに嗅がせると、彼は俺たちを誘導するように森の中を進んでいった。

険しい道を上り下りするなか、ときには魔物にも遭遇した。

しかし、音を立てて大本命である悪党たちに逃げられたら話にならない。

そのため、もっとも目立たない風属性魔法『縮突』や距離を一気に詰める技『縮地』と腰に差したナイフを使い、最低限の力で倒していく。

これくらいの魔法ならば、無詠唱で発動することができた。

そうしてしばらく、フスカの足がぴたりと止まる。なにかと思って草陰からその先を見ると、崖地になった地点の下に立ち並ぶのは家々だ。

どうやら隣村まで抜けてきたらしい。

「ちっ、また取り逃がしちまったぜ」

通りから不意に声が聞えてきたので、俺とセレーナは目を合わせ、息をひそめる。

そして会話に耳を澄ませる。

話していたのは、肩口で剣を跳ねさせる男と、大槍《おおやり》を背に差して酒を豪快に飲む男だ。

「あのサントウルフ、すばしっこいな。しかも、よりにもよってトルビス村に逃げ込みやがった」

「あそこはもう手を出せなくなっちまったからなぁ。たしか、アルバとかいう、ハーストン家のバカ息子が村に赴任してきたんだろ？」

「あぁそうだ。たしか暴行罪やらを犯して追放されたぼっちゃんだ。そんな奴が辺境伯の子だなんて世も末だよな、まったく」

「はは、だったら俺たちみたいな連中が役人やってるのも同じだがな。とっとと薬草の押し売りなんてせせこましいことはやめて、サントウルフで一発当ててぇな」

……俺がクロレルの悪行のせいで、散々に言われているのはともかくとして。

村の柵を壊したのも、サントウルフの密猟をしようとしていたのも、どうやら役人だったようだ。

村人たちが口を割らなかった理由も、これで納得がいく。もし口外すれば、危害を加えるなどと脅されていたのかもしれない。

そこまで考えたところで、よもやのことが起きた。

俺とセレーナの間を抜けて、フスカが大跳躍とともに彼らへと跳びかかっていったのだ。

「待て、おい……！」

と、止めるがとっくに遅い。

「おいおい、幸運かもしれないぜ俺たちよ！」

「へへへ、まったくだ。獲物のほうから出向いてくれるんだから。若い狼の毛皮は飛ぶように売れるぜ」

すでに着地し、真っ向から対峙《たいじ》してしまっている。

それは、あまりに無謀な突撃だった。彼らは、フスカより二回り以上大きい彼の父親でさえ倒すことができなかった相手なのだ。

しかもどちらも役人であり、一応は貴族で魔法が使える。

実際、その土魔法によりすぐに彼は足を拘束されてしまっていた。

「アルバ、どうしようあれ」

「本当はもっと静かにやるつもりだったけど……しょうがないな」

迷っている時間はなかった。

「ははは！　俺の風魔法は貴族の中でも相当だぜ？　切り裂いて、毛皮にしてやるよ‼　風よ、速き風よ！　我が斬撃に高速の——」

大槍を構えた男の一撃が、フスカへと振り下ろされる。

「風よ、彗星《すいせい》がごとき推進力を。『縮地活歩《しゅくちかっぽ》』……！」

その直前、俺は詠唱とともに両足へと貯めた魔力を風属性魔法へ変換し、崖上から飛び出した。

これはただの『縮地』とはわけが違う。より速さを追求し、魔力を漲《みなぎ》らせた技の一つだ。

正直、大槍をふりかざした男の動きはほとんど止まって見えた。少なくとも、高速を名乗るにはまったくふさわしくない。

俺は一足跳びに、敵とフスカの間に割って入る。

さらには、右手に握ったナイフを裏手で、その首元に突きつけた。

……一応、刃のついていない峰側で。

こんな腐った人間を殺した罪でまた悪名を着せられるのはごめんだ。

ばたりと、槍を握っていた男が倒れる。

「な、な、な、お前！　どこから現れた……！　この一瞬でどうやって！」

「質問が多すぎるだろうよ」

「というか、何者だ⁉」

もう一人は恐れおののいて、剣を構えながらじりじり後ろへと下がっていく。

集中が切れたのだろう。彼がフスカを捕えていた土属性の魔法はすっかり解けていた。

俺はそこでナイフをひっくり返して、柄が当たるようにして彼に投げつける。

それがこめかみに直撃すると、彼はばたりと後ろに倒れた。

せっかく寝る時間を惜しんできてやったのに、呆気ない。

もう聞いてはいないだろうが、一応質問に答えておく。

「そうだなぁ。あえて言うなら、俺はこいつの飼い主だよ」

当然、返事はなかった。

だから俺はしゃがんで、足元に擦り寄ってきていたフスカの頭を撫でる。

こうしていると可愛くて仕方がないだけだが、悪党に立ち向かっていったその姿は思いがけないほど勇敢であった。

「あんまり無茶するなよ、フスカ。また怪我したら大変だろ」

意味を理解しているのかどうかは分からないが、彼は、俺がそう諌めるのに、くぅんとか細い声で鳴く。

「でも、格好良かったよ」

親を傷つけた敵を討つため、無謀であっても立ち向かったその姿は賞賛されるべきだ。

16話　伝説の聖獣をも救う

男たちを倒してから少しあと。遅れて、セレーナが崖上から俺の元へと下りてくる。

「……あなた、ほんとどうなってるの」

その際の第一声がこれだった。

「え、なにが。褒められるかと思ったけど」

「そりゃ褒めたいけれどね。なにがじゃなくて、その強さよ。さっきのはなに」

「風属性魔法だよ。ちょっといつもより早く動けた気はするけど」

ここ最近は、少し前なら考えられないくらい魔法を使い続けてきたから、修練度が上がったのかもしれない。

もしくは、フスカを助けるためということになって、身体がいつも以上の力を発揮したか。

でも、そんな真面目なことを言うたちでもない。

「早く寝たかったからだよ、たぶん」

「……あなたらしい理由ね。で、こいつらはどうするの」

「放っておくってわけには……さすがにダメだよな」

「えぇ、また妙な悪事を働くかもしれないし」

なんて面倒な奴らだ。

俺は溜息を吐きつつも、気絶して動く気配のない彼らを台車に縛りつけ、彼らが作成していたという薬草の一部をいただいて、俺たちは街道を通ってトルビス村へと戻る。

山道を迂回《うかい》しながら進んできたから遠かったが、道が整備されていることもあり比較的早く帰ってこられた。

とはいえ、夜も深い時間である。

いつもならとっくに寝ている時間だろうに、何人かの村人は俺たちの帰還を待ってくれていた。

「おぉ、アルバさんたちが帰ったぞ‼」

「それに見ろよ、あの台車に縛り付けられている奴ら！　あいつらが、いつもうちの村に不当な取り立てに来てたんだっ！」

「勇者様のご帰還だ～‼」

などと、彼らはわっと湧き上がる。

いやいや勇者とかそういう憧れられる存在から程遠いからね？　この人たち、俺がここに追放されてきた理由聞いたら卒倒すんじゃね？

俺は、過剰に褒めちぎる彼らをなだめてから聞いてみる。

今なら答えてくれる可能性もあろう。

「こいつらに脅されていたんですか。こいつらが村の柵を壊した。そうですよね」

するると、その場にいた村人たちは涙を滲《にじ》ませながら各々が頷いた。

彼らは私兵団のようなものを組織しており、ことあるごとに税金と称して、作物や労働力の取り立てを行ったのだそう。そして払えない場合は、村の家や施設を破壊する――。

例の魔除け柵も、彼らの仕業だったそうだが、口外したら「村人の誰かを殺す」と脅されていたらしい。

本当に、救いようがないったら。

こんな奴が役人をしていると考えると、ぞっとする。

俺はアホ面で泡を吹いている役人どもを一瞥《いちべつ》してから、溜息一つで視線を外した。

代わりに薬草を手にして、カゴの中で丸まっている大きなサントウルフの元へと近づいた。

「懸命に手当をして、とりあえず生きてはいますが……かなり弱っています」

村人の一人が、力なく言う。

「くぅ……」

フスカも、親の痛ましい姿に悲しげに鳴いた。

不安そうに、でもすがるように俺を見上げてくる。

そんな目で乞われたら、失敗するわけにはいかない。

セレーナによりよい薬草を選定してもらったうえで、作業に入った。

村人にかけ合い、用意してもらったのは、蓋のある容器だ。

俺はそこへ薬草を入れて、同時に風属性魔法で作った小さな旋風も入れ込める。

どうにか助かってくれ。

そう思いを込めて蓋を押さえつけると、中の薬草を限界まで砕く。

続いて、セレーナがペースト状になった薬草に彼女の生成した清らかな水と混ぜ合わせた。

最後は俺が風魔法で攪拌《かくはん》したら、ポーションの完成だ。

完成品はエメラルド色の光を帯びていた。

「……完璧よ。この光が強いものほど、完成度が高いの。普通に市場に出回ることはまずない、A+ランクに近い品質になってるわ」

セレーナに鑑定してもらい、保証を得る。

そのうえで、ぐったり倒れるサントウルフの元へ近づいた俺は、その柵の内側に手を入れて口へと流し込む。自分で飲むことはあっても、聖獣にそれもサントウルフに飲ませるのなんて初めてのことだ。

俺は祈るような思いで、ポーションが喉奥へと流れるのを見つめる。

すると、どうだ。ポーションの放っていた淡い光がサントウルフを包む。

闇夜の中で見れば、眩しくて目を開けていられないくらいだ。

「効果があった証拠よ。もっとも、飲ませたあとにもここまでの光を放つ傷用ポーションを見るのは初めてだけど」

「薬草がすごかったのか？」

「たしかに、薬草の質もよかった。でも、活かしきるにはどれだけ成分を抽出できるかが一番大事なの。知ってたからやったんじゃないの？」

「……いいや、忘れてたし、そんな細かい芸当はできないっての。今はとにかく、こいつを助けなきゃって思ったから。それに俺だけの力じゃないだろ」

「私がやったのは微々たることよ。ほんと、あなたを見てると常識がバカみたいね」

うんうん、と村人たちまでまるで示し合わせていたかのようにそれに頷く。

口々に、「やっぱりアルバさんは救いの神だ！」なんて言い合う。

「ふふ。結局誰かのためなら頑張っちゃうんだから。でも好きよ、そういうところ」

だから、小さくあとに続いた声はそれに掻き消されてしまった。

「……今、なんて」

「聞こえなかったならいいわ、内緒よ」

彼女は桃色のリップを吊《つ》り上げ、優しげな笑みを見せる。

聖女といわれても疑わない神々しさにどきりとしていると、そのうちに彼女の背後で光は徐々に収縮し、ぱっと消えた。

「……どうなった」

ごくりと息を呑み、俺はサントウルフを見守る。

だが心配は無用だった。

彼はその四本の足ですくっと立ち上がると、夜空の満月を見上げて咆哮を上げる。

よく見れば、その身体にはもう切り傷の一つ残っていない。

ポーションは本当にきちんと効いてくれたようだ。

安堵感《あんどかん》と、一挙に襲ってきた眠気が俺を襲う。

「……あ、アルバさん！　また暴れたりはしませんかのう？」

って、そうだったわ。少なくとも、まだ寝るには早い。

カゴの中とはいえ、彼が暴れればこれを壊すくらい造作もないだろう。

警戒をして少し後退する。一応ナイフに手をかけたところで、

『……なに、もう暴れることはない。感謝しているぞ、アルバ殿』

そう声がした。空から降ってくるみたいな不思議な響きだった。だが、その苦も楽も知り尽くしたような渋みある声は、村人の誰のものでもない。

まさかと思って見上げてみれば、

『やっと気づいてくれたようだな』

声の主は、なんと大きなサントウルフだった。

17話　伝説の聖獣は、俺に飼われたいらしい

サントウルフが言葉を発している。

そんな不可思議極まりない状況にも関わらず、他の誰かが気づいている様子はなかった。

「どうしたの、アルバ」

「……セレーナにも聞こえないのか？」

「なんのこと」

こうなると、魔力が原因でもなさそうだ。

俺は上を見上げ、当のサントウルフに尋ねる。

「……どういうことだ？　なんで周りには聞こえてないんだ？」

『我らサントウルフが人と会話を交わせるのは、信頼に足ると決めたただ一人のみ。その一人が死ぬまでは、その者以外とは口を聞けぬ。私は、アルバ殿、お主をその一人と見込んだ』

治療が終わるまでは考えてもみない。まったく思いがけない展開になっていた。

俺はつい言葉をなくしてしまう。

『ここを出してはくれぬか。心配はいらぬ、お主らに危害を加えるようなことはせぬと誓おう』

半ば呆然としていたからか、気づけば頼まれた通りに動いていた。

「開けて大丈夫なの、アルバ」

「あぁ、彼がそう言ってる。嘘をついてる感じはしないから」

「……本当に話せるようになったのね。成熟したサントウルフは選ばれしただ一人とだけ言葉を交わせるようになる。ただの伝承だと思ってたけど」

「はは。嘘だと思うよな、普通」

まぁ普通は信じられない。俺だっていまだに半信半疑だ。けれど、

「ううん、思わない。これでも結構信じてるのよ、あなたのこと。もちろん勘だけど」

セレーナがこう言ってくれたから嘘ではないと思えた。

俺は柵にかけていた錠を外す。

すると、彼は中からゆっくりと出てきて、その場に座した。

改めて、かなりの大きさだ。よく柵の中に納まっていたなと思うくらい。

真下から見上げれば、夜空が見えなくなる。身体を寄せられ、尻尾を巻かれると、すっかり身体が収まってしまう。

たぶん彼がその気になれば、一口で食べられてしまう。

だが、彼はそれをせず優しい頬擦りをする。

『改めて、さきほど暴れたことを詫《わ》びよう。そして礼を言う、アルバ殿。この身を、そして我が息子を救ってくれた。その勇敢さ、そして優しさに敬意を表する』

「……俺だけがやったことじゃないんだけどな」

『ふっ、謙遜せずともよい。お主が我が子の食べてしまった魔導具を内側で破壊し、治療までしてくれたことはさきほど聞いた。さっきの治癒といい、それほどの芸当をいくつもできる人間は、何百年と生きてきたがそうはいなかった』

何百年と聞いて、その生命の長さに驚く。

ただ身体が大きいわけではない。

その身体には、長い長い歴史が刻まれているのだ。

そして、それは決していいものだけではない。

欲を掻いた人間による悪行に苦しまされてきた時間のほうが、長いに違いない。

「それだけのことで俺を信用していいのか？　俺もこのバカな役人たちと同じ人間だぞ。もしかしたら、捕まえて狩るつもりかもしれない」

『その点なら問題ない。この目で、お主だと見込んだのだ。お主の目には、悪意がない。それはこの子も言っている』

「……フスカが」

『ふふ、もう名前を与えられていたとは。先を越されてしまったようだ。だが、いい名前だ。私にも名前をくれはせぬか』

「……名前。それをつけたら、どうなるんだ？」

『どうにもならぬ。ただ、ここに留めてくれるのならありがたい。ここ最近、といっても百年ほどだが。人間と争ってばかりいた。私の妻もその抗争の中で殺された。もうこのような目には、遭《あ》いたくはない』

その過去を聞いて、胸が締め付けられて俺は舌を噛んだ。

たしかに、今回は助けることができたが、幻の存在たるサントウルフを狙う輩は多い。

たとえば二匹をここから放てば、またすぐに捕まる可能性もある。

その兇刃《きょうじん》から彼らを守るため、逆にこの村を守護してもらうためにも、それはいい提案ではあった。

だが、独断では決められまい。

「このサントウルフがここにいたいって言ってるんだけど、いいでしょうか」

俺がこう尋ねると、セレーナはこともなげに首を縦に振る。

村人たちは「食費が……」などの賛否はあったようだが結果的には「アルバさんが言うなら」と賛同してくれた。

「ここにいていい、ってさ」

俺はそれをサントウルフに伝える。

『ありがたい限りだ……。この恩はかならずやお返ししよう。なんなりと私に申し付けるがいい。移動だろうが、なんだろうが買ってでよう』

「はは、そんな重い話じゃないっての。逃げたくなったら、すぐに逃げていいからな。変な束縛はしないし、見世物にも売り物にもしないと誓うよ」

『なんとも器量が大きい主よ。……それはそれとして。例の話はどうなった』

「え、なにが」

『名前のことである』

サントウルフは、言うやいなや鼻息を荒くする。それだけで村人が数人ふらつくような勢いだ。

どうやら、かなり期待されてしまっているようだった。

ならば期待に応えないわけにはいかない。

俺は熟考し始めるのだが、そもそも命名センスがないらしい。

まぁね？　そもそもフスカの名前だって半分は、セレーナが考えたものである。

「えっと……、じゃあえっとブリリオ……とか？　光を発する魔法の一つなんだけど、どうだろう」

どうにか、捻り出したのがこれであった。

途中で思いついたデカモフとか、ウルルとかよりはよっぽどましだろう、うん。

『いい名前であるな。気に入った。私はブリリオだ。そなた、苗字はなんという？』

「俺か？　俺は、アルバ・ハーストンだ」

『そうか、うむそれもよい名前だ。これから世話になるぞ、アルバ殿』

「俺たちのほうこそ、よろしく頼む」

俺は彼を見上げて、手を差し伸べる。

すると、俺のそれよりずっと大きな前足がそこに乗せられた。

その背後では、村に新たな仲間の加入を祝うかのように、そして狼と人間のこれからの関係が良好になることを予兆するかのように、満月が光り輝いていた。

3章　クロレルシティへ潜入する件

18話　因縁の兄が統治する街・クロレルシティへ出向く

トルビス村に新しい仲間が加わった翌日――。

本当なら歓迎会でもして、楽しい日常を過ごしたいところだったのだが、諸事情により俺たちは村を離れていた。

しかも動き出したのは早朝だ。

正直めちゃくちゃ眠かったし、疲労の限界だったのだが、今回ばかりはしょうがなかった。

『どうだろう、アルバ殿。乗り心地は問題ないか』

「あぁ、快適だよ。睡眠時間が足りなさすぎて、なんなら今にも寝そうだ……。馬車よりもよほど速いし、揺れも感じにくい。セレーナもそう思うだろ？」

「そうね。これなら、アルバも快適なんじゃないかしら」

乗っているのは、ブリリオの上である。

昨日、「移動手段として使ってくれていい」と言っていたからさっそくお願いしてみたのだ。

彼にとっては、人が数人乗るくらい、どうということはないらしい。

なんなら、まだまだ余裕だと息巻いていた。

そうして向かう先は、因縁ある兄の名を冠したクロレルシティ。一か月ほど前まで、クロレルと入れ替わっていた際には、中心となって統治していた街だ。

馬車ならば二日程度はかかるところだが、ブリリオに乗れば約六時間程度の距離にある。

訪ねる理由はいくつかあって、その一つは罪人たちの処分だ。

村には刑務所なんて施設は当然のようにないし、こんな輩を引き受けていたくもない。

「……でも、どうするの」

「なにか考え事でもあるのか、セレーナ」

「この人たちを引き渡すのは賛成よ。でも、私たちだって十分お尋ね者。どうやって街に入るの。それも、クロレルシティなんて」

たしかに、セレーナの言う通り、クロレルが俺の身体を使って働いた悪事のせいで、ハーストン領内にある街において、俺の評判は地の底まで落ちている。

不本意でこそあるが、村では救世主だとか勇者だとか呼ばれていることを考えれば、真逆といっていい。

俺と気づくだけで、犯罪者だなんだと騒ぎ立てる奴もいるだろう。

しかも、ハーストン領土全体を統括している父から、俺に「街へ来ることは許さない」と言いつけられていることもあった。

もし知れ渡れば、面倒な事態に発展することは間違いない。

そしてセレーナもまた別の意味で、追われる身だ。

「まだこの村には追手が来てないけれど、私はクロレルの婚約者という立場も、あまつさえ貴族の身分も捨てて逃げてきた。失踪人として捜索されていてもおかしくないわ。一応目隠しベールは被ってきたけど、このままじゃ門を通過できない」

「それを言うなら、ブリリオもだな。幻といわれる聖獣、変な奴に目をつけられる可能性ありありだ」

「私たちって、街に行くにはとっても向いてないわね。でも、村の中で街に入れる身分なのは、私たちだけだから仕方ないのかしら。……もしくは」

セレーナは、後方、ブリリオの背に作った荷物台に縛り付けた男たちのほうへと目をやる。

男たちはまだ意識を取り戻していない。

が、万が一そうなった場合の対策として布をぐるぐるまきにして目を隠し、『有形創成』で作った耳栓をつけさせた状態で、捕えてあった。

そして昨日彼らを倒したときは、『縮地活歩』を使ったため、ものの一瞬だった。

ろくに顔を見られていない自信がある。

つまり、彼らは俺たちの姿を一切見ていないので、彼らを俺たちがどう扱おうとセレーナの存在やらを証言される心配はない。

「この者たちの身分証だけ拝借するのはどうかしら。それでこいつらは、門外の脇に打ち捨てておくの」

「……貴族の令嬢らしからぬ発言だな、ほんと」

「あら、褒め言葉かしら」

まあ、兄・クロレルとして彼女に会っていたときから、ほぼ毎日思っていることだから今さらなんだけど。

「そもそも、その場合ブリリオはどうするんだよ」

「ブリリオのことは、少し毛皮でも被せて変わった馬だと言い張りましょう。一部の者以外は気づかないわ」

セレーナはさも自信ありげに言う。

つっと光り輝く顎を上げて、背筋を軽く反らした美しい姿勢で言うものだから、それらしく聞こえてしまうが、さすがに無茶だ。

それに身分証をいただいたところで、年齢や性別のずれまでは誤魔化しきれるかどうか定かではない。

だが、そのあたりはまるっとすべて織り込み済みであった。なぜなら数か月とはいえ、クロレルシティを統治していたのだから。

そのために、俺はあえてクロレルシティを来訪先に選んだのだ。

「まぁもっと安全な方法があるから任せておいてくれよ、そのあたりは」

「そう。アルバがそう言うなら、一任するわ。そもそも念のため聞いただけだから」

「そうだったのか？」

「えぇ、本当になにも考えがないのだったら、さすがに反対していたけれど。そうじゃなければ、私はあなたにどこまでもついていくだけよ。最初に言ったでしょ、アルバについていくって。たとえそこが、牢屋でもね」

「……おいおい、不吉なこと言うなよ」


そうして話もまとまり、ブリリオに走ってもらうこと一時間ほど。

俺たちは、目的地であるクロレルシティのすぐ近くまで辿り着いていた。

ただし諸事情で、正門からの正面突破はできない。

まず門から程近い道に、例の役人たちを打ち捨ててから（丁寧に、罪状を記した紙を貼りつけておいた）、さらに脇へと回り込んでいく。

クロレルシティは、横に四キロ、縦に六キロとかなりの大きさを誇る街だ。

その分、外周を囲む壁も同じだけの長さがあって、その一部は森林を削るようにして築かれていた。

そこまでくれば、人気《ひとけ》は皆無だ。深い森の中に小屋が一つあるのみである。

「こんな場所があったなんて知らなかったわ。結構脇に逸れたわね」

「普通来るような場所じゃないからなー」

「それで、どうしてこんな場所に？」

「あの小屋に俺の知り合いが住んでるんだ。信頼のおける人間だから、安心していいよ」

俺はセレーナとブリリオを案内し、その小屋を訪ねる。

朝方九時頃だ。まだ家にいる時間帯だろうと思っていたが、思った通りだ。中からは生活音が聞こえてくる。

戸を叩くとすぐに野太い声で返事があって、中からは目つきの悪い大男が出てきた。

鍛え上げた腕の太さや首元に入った大きな傷跡など、なりだけ見れば、例の悪徳役人よりよっぽど悪い。

ただこれが存外に気さくで、心を許せる友人なのだ。

「誰じゃおめえら、こんな場所になんの用……って。おいおい、アルバさんじゃねぇか！　どうしたよ、急に！」

向けられる笑顔はどうも暑苦しい感じもするが、そこに邪気は一つもない。

建築業を生業としている、ダイさん。

過去にはハーストンシティで、お屋敷の改築を担当してくれていて、俺が十五の頃に出会い、『有形創成』による構築魔法の参考にするため色々と聞いているうちに親しくなった。

腕利きであり、今もひっぱりだこの彼だ。

お金は稼いでいるはずなのだが、彼曰《いわ》く「親の代からここに住んでいるから」という理由で、ここクロレルシティの外に居を構えている。

「で。まじでどうしたんだ、アルバさん。べっぴんさんに加えて、大きな犬まで連れて。あんたたしか、魔力を持ってなかったことの腹いせにハーストンシティで暴れて、追放されたんだろ?」

「まぁそうなんですけど、今日はどうしても街に用事があるんです。だからこいつを今日数時間だけ預かってほしいんですが……」

「はは、構わんよ。作業場にスペースだけはあるからな。にしても大きな犬だなぁ」

「実は狼なんです。サントウルフのブリリオです」

俺は思い切って言ってしまう。一瞬ぴくと眉が動いたが、

「はは、そりゃあいいや。幻の存在を味方につけるなんて、実にアルバさんらしいじゃないか。今日はよろしくな、ブリリオ」

と、さっそく受け入れてくれたうえ、ブリリオとも交流をはかる。

うん、こういう人なんだよね、ダイさん。俺が魔法を使えると知ったときも、ただ単に「やるじゃねぇか」というだけで、それ以上の追及はしてこず、誰にも口外しなかった。

ほぼまったく細かいことは気にしない、その一方で義理堅い。まったくありがたい存在だ。

実際すぐに作業場へと案内してくれて、ブリリオのご飯として鶏肉やキャベツ、リンゴまで用意してくれる。

『うむ、快適である。では、ここでしばらく待たせてもらう』

その好待遇に、ブリリオも機嫌よさげに見えた。そのあとに、「くぉん」と愉快気に鳴く。

そうして預かってもらったあと、俺とセレーナは家の中へと上げてもらった。

「あなたは、アルバさんのお嫁さんか？」

席に着くなり、こう切り出されたから少し困った。

少なくとも彼女の現在の立場は、まだ兄・クロレルの婚約者だ。

正直心は痛むが、これぱかりは彼にも言えないトップシークレットである。

さて、どう答えるのだろう。うまくごまかしてくれよ……！　そう思いながら待っていたら、

「そう、アルバの妻です。セリと呼んでください」

さすがは、セレーナ。しっかりと対処をしてくれた。

『妻』という言葉に、俺がひっそりどきりとしたのは、また別の話だ。

「いやぁ実にお似合いのカップルだな、お二人は」

ダイさんも、あっさりとそれを受け入れる。

おもてなしを受けつつ、しばらくは昔話に花が咲いた。

そしてその後、

「そういえば、街の中はひどいことになってるんだが知ってるか？」

話はクロレルシティの現状へと移った。

19話　クロレルの悪政により荒らされた街

正直、気になっていた案件だ。俺が三か月間、必死にクロレルでも政治を執れるようお膳立てしたのである。

その成果がどうなっているかは、ずっと気にかかっていた。

場合によってその出来は、俺のスローライフにも関わってくる。奴が立派な後継者になってくれれば、俺にそのお鉢は回ってこない。

「クロレルの奴、またとんでもない政策を始めたんだ。少し前までは、せっかくいいきざしが見えたと思っていたのによ」

「……そう、ですか。でも、かなり優秀な側近を雇ったと聞いていたんですが」

実際には俺が雇ったんだけど。

彼らがいれば、歯止めはきく。そういう体制も構築したし、なにもしないで政治がうまくいくなら、クロレルの暴走もやむはず。

そう思っていたのが甘かったようだ。

「いやそれが。自分から頭を下げて雇ったくせに三か月で用無しだと追放したらしい。追放された元役人が街で酔い潰れて愚痴っていたよ。聞きゃあ、意見しただけで殺されかけたみたいだ」

　なんとも申し訳ない気持ちが生まれる。

　彼らが意気揚々と、この街やひいては領土全体を変えようと取り組んでくれていたことを思うと、胸が痛い。

「あの野郎。街の財布を、自分のものだと思ってやがるんだ。また無駄な税金を取るし、使い込む」

　ダイさんは苦い顔をしながら、続ける。

「極め付きは、今俺たちが着工させられている公営賭場や屋敷の改築だ。こんなのは、救護所の再建を取り止めてまでやることじゃねぇや」

　想像のはるか上をいく無能っぷりだった。

　セレーナも、元婚約者であるクロレルの失政の数々には溜息を漏らす。

　俺は諦めと徒労感から言葉を失ってしまった。

　あれだけなにもしなくても政治が回るように、勝手に評価が上がるようにお膳立てしてやったにも関わらず、これだ。

　どうしても自分の思う通りに動かないと気が済まないらしい。

「ほんと、どうしようもないですね」

「まったくだ。おらぁ昔からあんたのほうが次期領主になるべきだと思ってたんだがなぁ、アルバさんよ」

「なにを言ってるんですか。俺は俺でどうしようもないですよ。なんなら犯罪者ですから」

「ハーストンシティで罪を犯して追放ってのは本当だったのか？」

「あぁなんの弁明もなく本当。まぎれもない事実だよ」

まぁそれもクロレルの仕業なんだけど、それは明かせない。

だというのに、

「はは、冗談だろ？　アルバさんのことだ。自由になりたくて自ら嘘の罪でも被ったんじゃねぇか？」

核心とまではいかずとも、それに近いところを突かれるのだから驚いた。

これも親しき付き合いが生み出しうるものなのかもしれない。

「ご想像にお任せしますよ」

俺はこう言って、とりあえずその追及から逃れる。

最後にじっと目を見られこそしたが、彼はふっと口端を綻ばせた。

「そういうなら、俺の考えたいように思っておくさ。いつか、あんたがトップに立つ日を待ってるぜ」

「いや、そんな日は来ないですから。来てほしくもないです」

こうして、久しぶりの懇話は終わったのであった。

ダイさんに見送られ、俺たちが再び森の中へと出たのは昼頃であった。

その足で向かうは、正門からも西門からも遠い、壁の前だ。

高さ約三十メートルほど。

それが街中を囲うように聳《そび》え立っているのだから、もはや要塞である。

「どうするつもりなの、アルバ。そうそう侵入なんてできないわよ、こんなの。……って、分かっちゃったわ。もしかして、飛び越えて入るつもり？」

「え、そのつもりだけど？」

「……やっぱりそうなのね、まぁアルバならできるかもしれないって思ったもの。でも、中から見られたりしないの？　こんなところに上がったら目立つんじゃ」

「いいや、それなら大丈夫だよ。この街の警備隊たちは、この高すぎる壁を信用しきってる。壁の見張り兵なんて、一人もいないんだ」

それくらいのことは、このクロレルシティを統治していたときに把握済みだ。

試しに一度この壁を越えさせてもらったこともあるが、誰にも見つかることはなかった。

「じゃあセレーナ、えっと、抱えさせてもらってもいいか？」

俺はセレーナに両手を開いて差し出す。

口に出してから、なんか恥ずかしくない、今の？と急に照れが上ってきて顔が赤くなった。

セレーナがなにか答える前に引っ込めようかと思っていると、彼女は俺のほうへと寄り、そこでくるりと反転する。

「じゃあお願いね」

そして、頭を胸に預けてきた。

さらには顔を上げて、下から覗き込む。

ここまで無防備に預けてもらって、勇気が出ないわけがない。

俺は態勢を低くすると、彼女の膝裏と背中を抱えて、いわゆるお姫様抱っこ。

鼻をくすぐる甘い香りにどきりと胸を高鳴らせつつも、風魔法『高跳躍《こうちょうやく》』を発動した。

これは足に纏わせた魔力を、垂直方向に強く発することで、高跳びを可能にする魔法だ。

「高跳躍、ね。でも普通はどれだけ鍛え抜かれた人でも、せいぜい十メートルよね」

「まぁ、俺も二十メートルくらいが限界なんだけどな……っと」

俺は途中で壁にあったわずかな段差を蹴り上げ、そこからさらに上へと跳ねる。

そして、無事に壁の上に着地することができた。

「……いい景色ね。街が一望できる。あれが建築中の例の賭場かしら」

普通なら、この状況まずは怖がるところだけどね？　肝っ玉の座りようは、さすがの一言だ。

「うん。でも、景色を楽しむのはまた今度にしようか。長居すると、見つかりかねないからね」

俺は次に、壁から飛び降りる。

ここでも使うのは、風属性魔法だ。足裏からの魔力をうまく扱いさえすれば……

「今、壁を歩いてるわね」

「あぁ、うん。変に音を立てないほうがばれないだろ」

こんな芸当もできる。

高さなら三十メートルは相当だが、歩く距離としては短い。

最後は、真下にある廃墟《はいきょ》のような路地裏に音を立てないようにゆっくり降り立てば、無事に潜入成功だ。

「まったく危なげなかったわね、ありがとアルバ」

セレーナが俺の腕の中から、こちらを見上げて言う。

そのパープルの瞳は、美しすぎた。近くで見ると宝石が砕かれ散らされたかのよう。

彼女の熱が気づけば腕全体に伝わっていたこともあった。

ばくばくと跳ねる心臓に血を持っていかれたせいか、そこで足元の魔力が揺らぎ、くらりとする。

つまりなんというか。

一番危なかったのは、セレーナの色気だった。

20話　臨時屋台で修理屋開いて荒稼ぎ！

街の中での目的は、食料を手に入れることと、『有形創成』に当たり必要となる材料を手に入れること、その二つであった。

村人たちはこれまで、魔導具から得た部品などを遠方から来た商人などに売り、食料などに代えていたというが、まどろっこしい。

どうせ街に行くなら、一気に手に入れてこようと考えたのだ。

しかし、その元手となるべきお金はほとんど所持していない。

なぜなら、そんなものを持っていても現物でのやり取りしか行うことのできないトルビス村では意味がないからだ。

まずは手っ取り早く、お金を作るところから始めなければならない。

その点は、セレーナが準備をしてくれていた。

「これをくすねておいたのは大正解ね」

出店を催す、という形で。

彼女が得意げに掲げてみせるのは、出店権利書だ。

例の悪徳役人たちから頂戴してきたものである。もともと彼らは、薬草類の販売を生業の一部としていた。

街を訪れた際には、出店を開くこともあったのだろう。

この権利書を持っている人は誰でも、臨時店舗に空きがあれば一時的に店を設けることが許される。

身分確認は近くにいた人に、奴らからいただいた薬草を譲ることで、保証人になってもらい無事通過できた。

出店するまでの方法は決して褒められたものではないが、門の検閲を受けずに壁を越えて侵入した時点で今さら気にすることはない。

むしろ、お金を手に入れるにはもってこいだ。

「それで、どんな店をやるんだ？」

「そうね。修繕屋兼鑑定所なんてどうかしら。あなたが物を直して、その裏では同時に魔導具やその人自身の鑑定も行う。これなら、私たちがベールを被ってても不思議に思われない。雰囲気を壊したくないことが理由だと勝手に思ってくれる」

「なるほど、たしかにおかしくはないけど、近寄りがたくないか？　客ゼロで終わりたくはないな」

「その点は、一人来てもらえば解決するわよ。自信があるわ。あなたの腕も、私の腕も含めてね」

「……そういうことなら、最善を尽くすよ」

「ふふ、そうこなくちゃね」

二人、開店準備を進める。

近くで出店を開いていた人からは好奇の視線に晒されることとなったが、こういうときは意識しすぎないことが肝心だ。

妙に挙動不審になれば、逆に怪しまれる。

少しでもボロが出てしまえば、そこら中に張り巡らされた手配書の似顔絵から一発でばれかねないのだ。

堂々と営業するのがもっともいい。

その意識で、誰でも明確に値段の分かる価格表を掲示した。
・修理一回　千ウェル
・鑑定一回　千ウェル
・セット　千五百ウェル
ちなみに魔導具の修理は安いところで二千ウェル、鑑定も同じくらいすることを考えれば破格の設定だ。

堂々と店を構えて待っていたら……

「あの、すまない。横の店のものなんだが、どうにも今日は魔導灯の調子が悪いんだ」

きた。

彼はそう言うと、魔道灯をカウンターに置く。

「なんだ、これくらいですか」

思わず、口走ってしまった。

捨てられるほどにはっきりと壊れたものばかりを見てきた俺にしてみれば、むしろ綺麗すぎるくらいに見える。

「これくらい、だと？　そんなに簡単に直せるのか？」

「えぇ、問題ありませんよ。私に任せてください。すぐに取りかかりますね。それと待ち時間はよろしければ、鑑定でも受けていきませんか？　物でも能力でも体調でも、見ることができますよ」

修理だけでなく、鑑定の売り込みも忘れてはいけない。

魔導灯を受け取りながら、提案する。

この二段構えで、より多くの利益を生めるようにするのが今回のコンセプトだ。

「しかし俺もお店が……」

「まぁまぁ、すぐ終わりますよ。鑑定士による査定がこの価格は特価ですし、セットなら大特価ですよ」

「そ、そういうことなら構わんが」

男性は迷いながらも、俺たちの思惑通り、セレーナに導かれて奥のテントの中へと入っていってくれる。

それを見届けてから、俺は後ろに設らえてあった作業台へと移った。

見たところ、どうも魔力の流れる線が切れていたらしい。

俺は修繕魔法を使い、それを元の状態へと戻す。

ボタンを押せば、無事に明かりが灯った。

あの盛大に壊れた魔除け柵を直したことを思えば、これくらいの破損は朝飯前だ。

一方テントの中、セレーナの鑑定はといえば……

「この腕輪にそんなに価値があったなんて知らなかった……。親父の形見なんだ」

「魔法攻撃から身を守る仕組みもある魔導腕輪は貴重です。どうぞ、大切になさってください」

こちらも満足いただけたようであった。

頬を上気させて嬉しそうな顔をして出てきた彼に、俺は修繕した魔導灯を渡す。

彼は目をまたたいてそれをまじまじと見つめると、やがて興奮したように言う。

「え……。今のこの一瞬で、本当に直ってる……!? どうやって……」

「それくらい軽い破損だっただけですよ」

「それにしても、元より明かりが強くなる調整なんてできないだろ！　何者だ、あんた!?」

この質問が飛んでくることは、想像がついていた。

だから、返事も用意してある。

「ただの旅の修理屋ですよ」

少し恥ずかしかったが、うん。噛まずにナチュラルに言えた。

本当は、罪を着せられみんなに忌み嫌われる落ちぶれ貴族なんだけどね？

「だとしたら、すごい腕だ。本当に助かった、いや助かりました！　今日の今日壊れたものだから、夜営業ができなくなって困っていたんです。ただでさえ場所代にかかる税も厳しいですから……」

依頼主さんはそこで、はっと口をつぐむ。

辺りを見回したと思ったら、そそくさと代金を払って自分の屋台へと戻っていく。

ここにも、クロレルの悪政が影響を及ぼしていたようだ。

……街の経済が立ち直るまで、この屋台街の場所代は無料にしたはずなんだけどなぁ。

だがお金を払わなければならないことが分かった以上は、しっかり稼ぐ必要もある。

それもこれも食料を買い込むため……！　より質のいい藁を買ってベッドをグレードアップするため！

悲壮な決意で気を入れ直す俺だったが、見ればまた一人カウンターの前に並んでくれている。

そうなってからは、客足が途絶えなかった。

「たったそれだけの価格で直してくれるのなら、ぜひ！　鑑定もお願いしたい！　俺は貴族の端くれなんだが、どの程度魔法の才能があるか見てくれるか⁉」

「うちもお願いします～。ダンスのときにお気に入りのスカートが裂けちゃって。凄腕の修理屋さんがいるって聞いて、家まで走って帰って持ってきたんです！」

などなど。

要望は種々あるが、すべてにきっちり応えていたら、やがて待ちの列はどんどんと伸びていく。

なんとかそれを捌ききると、カウンターに手をついて二人して項垂れた。

かなり激しい労働だった。これは帰り道にブリリオの背中で寝ること間違いなしだ。

「みんな、もしかすると普通には修理屋に物を持ち込めないくらいお財布が厳しいのかもしれないわね。今回は、お安めの値段設定だったもの」

「……やっぱりクロレルの政策のせいか。ここも搾り取られる対象ってわけだな。そもそも低所得者向けの施策なのに。ひどいことするよ、まったく」

三か月とはいえ、俺が統治していた街である。

今やなんの権力もないけれど、どうにか立て直しに貢献できないだろうか。

「そうだ、たとえばここの屋台を一新するとかっていうのはどうだろ――って、あれ」

思いつきを口にしたところで、違和感に気づいた。

どういうわけか周囲にざわめきが走っている。

「おいおい、まじかよ……、あいつ。近くに奴らがいるってのに、あんなにはっきりと……」

「ちょっとお前、やめとけって。お、俺は知らねぇからな！」

周囲からこんな会話が聞こえて、客足がどんどんと遠のく。俺と同じ通りで屋台を営んでいた連中までもが店を放置して逃げ出してしまう。

そうして、人気がなくなっていく中心で俺はいまだに状況を掴めない。

「えっと、なにかあったのか？　俺か？　もしかしてばれたか？」

セレーナに聞くが、彼女はこてんと首を捻った。

「さぁ？　気づかれるようなことはなかったと思うけど？　でももしかすると、まずいこと言ったのかもしれないわね」

「そんなこと言った覚えはないんだけどな」

自らの発言を振り返ってみる。

やっぱり思い当たることがなくて眉間に皺《しわ》を寄せていたところ、こちらに向かってくる集団があった。

彼らが横を通ると、逃げていた人々は一斉に道を開ける。その中をふんぞりかえって、睨みを効かせながら歩いてくるのだから、穏やかではない。

そして、その集団は俺たちの屋台の前で立ち止まる。

「そこの二人。これから身柄を拘束させてもらう。罪状くらい分かるな？」

「……いいや、分からないな。女心くらいわからない。俺たちがなにしたって言うんだよ。そもそも、お前たちにそんな権限があるのか？」

「けっ、私たちを知らねぇとは、よそ者か？　運が悪いな、お前ら。まぁ知らないなら教えてやろう。私たちは『特別警ら隊』だよ」

耳慣れない名前だ。

少なくとも俺がクロレルと入れ替わっていた頃は、そんな部隊はなかった。

だが今の彼らは、よく見れば肩口にハーストン家の家紋である六角形の紋が刺繍《ししゅう》された羽織を着ている。

少なくとも、ハッタリや嘘ではないと見えた。

「……いったいなにが任務なんだ」

「簡単なことさ。この街の治安を守るため、クロレル御大将の悪い噂をする者は処罰していい。その権限を与えられた直属部隊だよ」

彼らのリーダー格だろう男が高らかに宣言する。

その存在意義の非道っぷりに、俺は呆れるほかなかった。

私腹を肥やすため民から税金を巻き上げることはおろか、よもや批判をした人間を逮捕しようだなんて、その人間性はいっそ感心するくらいねじ曲がっているらしい。

つい、溜息が出た。

「なんだ、その態度は？　特別に見逃してやろうと思ったのに」

まぁでも見逃してくれるというなら話は変わってくる。

俺たちが今やるべきはなによりも、身元がばれないようにすることだ。

「いやいや、さっきの溜息はちょっと疲れただけですよ。俺たちはなにもクロレル様に仇《あだ》なす気はありません」

俺はへらっと笑って頭を掻く。そんな俺の芝居に、

「いいえ、あるわ。不満しかないわ」

横槍が入った。それも、身内から。

いやいやセレーナさん？　身元がばれたら一番困るのあなたですよ？

って、今さら言ってもしょうがないのだけれど。

いつもは冷静な判断をする彼女だが……

どうやら今回ばかりは、よほどクロレルへの怒りが収まらなかったらしい。まぁ気持ちは分かるけどね、うん。

「なんだと、女ぁ。もう一度だけ聞いてやろう。今、なんと言った？」

「不満があるといったのよ。バカな政策を連発するクロレルにも、そんな奴に権力を与えられて粋がっているあなた方にもね」

「貴様ら、言わせておけば……！」

そうして言い合いは、どんどんとヒートアップしていった。

ぴりぴりと肌を打つ一触即発の空気の中、俺はどうしたものかと思案する。止めに入るべきか、いっそ戦ってしまうべきか。

「お前ら、バカなことをするなぁ、ほんと。有り金全部差し出すのならば見逃してやろうと思っていたというのに」

揺れる俺の決め手となったのは、連中のこの一言だ。

数時間とはいえ、食料や道具を仕入れるため必死に労働した対価（しかも寝不足だというのに！）である。

最初から金をとるつもりだったのならば、うん、もうやるしかない。

お金の恨みは、重いのだ。

21話　なんだこいつら致命的に遅いぞ？　対多数でも余裕なんだが？

「おい、お前たち！　こいつらは俺たち『特別警ら隊』に盾突いたんだ。もうやっちまっていい。牢屋なんて生ぬるい場所じゃなく、地獄に送ってやるとしようぜ！」

リーダー格らしい男の号令で、赤い服を着た五人組はそれぞれ武器を抜いて俺たちの営んでいた屋台の周りを囲む。

俺は後ろの壁に背中をつけるとすぐにナイフを抜き、セレーナを庇うように腕を広げた。

ただ彼女は守られてばかりいることをよしとするお姫様ではない。

「私が招いたことだもの。私もやるわよ」

護身用の短刀を抜いて、やる気は十分と見えた。この連中をまとめて倒すこと自体は難しくなさそうだったが……彼女の気持ちを汲んでもやりたかった。

俺は両手でナイフを持つと、まっすぐに構える。

「そう言うなら、手伝いをお願いするよ」

「うん、任せて」

「おいお前ら。びびるな、どうせ二人じゃなにもできやしないんだ‼　まずは女から崩せ‼」

特別警ら隊の連中は、ただのごろつきではないらしい。

弱点を突くためだろう、迷わずセレーナの首を狙ってくる。

……が、やはり致命的に遅い。誰が、とかではなく全員だ。

俺はそいつらの動きをよく見極め、ひと薙《な》ぎでいっぺんに、敵の武器を弾き落とす。

込めたのは風魔法、ナイフの長さを『縮突』により伸ばし切れ味も上げた。

そうすれば、たとえ鉄でも簡単に砕ける。

彼らは己の得物が壊れたことにも気づかないままそれを振り下ろす。

「水よ、生命を与える水よ。その清き力でこの身を守れ。『守水陣《しゅすいじん》』！」

そして棒切れになったそれが、セレーナの張った水の防御壁に簡単に阻まれた。

「な、なんだと、水属性の魔法⁉　まさか、お前たち貴族出身⁉　しかも、なんだ、どうして武器の長さが変わったんだ……⁉」

連中たちは茫然《ぼうぜん》と、使い物にならなくなった己の得物を見つめる。そんななか、一人諦めていないのはリーダー格の男だった。

「ははっ、面白い！　だが俺とて貴族の端くれ！　俺の土でお前の水くらい砕いてやるっ！」

土属性魔法を纏わせた剣でそいつが放ってくるのは、『土波動《つちはどう》』。一点集中の勢いで、水の盾を貫こうとするが、そこは俺に秘策があった。

守水陣の横手へと俺は、風の魔力を加える。

「な、なんだと……⁉　氷……⁉」

これにより、互いの魔力が反応し、守水陣は凍り付いていた。

冷気となった魔力は、男の使った『土波動』を伝って、男の全身をも凍り付かせた。ここまで、ものの数秒の出来事だ。

「水と風の反応でできる氷魔法ね……。たしかほとんど同じ割合で魔力を混ぜないと不安定になるのよね」

「うん、だからセレーナに合わせたんだ」

「簡単に言うけどそれ、天才にしかできないことなんだけれど?」

「氷魔法の特性は『維持』。質の高い魔力で食らわせた以上、こいつの氷はそうそう溶けない。さて、と」

俺は、腰を抜かして崩れ込んでいた他の隊員に目をやった。

氷の範囲はみるみるうちに広がり、彼らの足元にまで到達する。

「ひ、ひっ……！　助けてくれ、第二部隊……」

上げかけた悲鳴が、そこで途切れた。

全員が、その場で凍り付いたのだ。

22話　本当のお忍びデート

これにて一件落着、ほっと息を吐けるかというと……それほど単純ではないことは、承知していた。

「応援が来る前にとっととここから逃げようか」

「……結局こうなるのね。まるで犯罪者ね」

「まあ俺はもともとほとんど犯罪者だし。それに、悪口を言うだけでも、クロレルのバカの作った悪法の下じゃ、実際そうらしいからな」

「そうね、あの大バカ者のクロレルね」

「言えるようになったら、めちゃくちゃ言うなぁおい」

俺たちはそうこう話しながら、急いで荷物や売上金をまとめる。

最後に一応、いくつかの屋台を『有形創成』で綺麗に整備してから、屋台街をあとにした。

せめてもの詫びがわりだ。

「あなたって実はお人よしよね」

「実は、ってのが余計だよ」

「褒めているんだからいいじゃない。それより、早くお買い物行きましょ、服を替えないと」

顔を見られていないとはいえ、姿格好は割れてしまった。

もし買い物客や店主たちがあの連中に脅迫されて、俺たちの特徴を吐けば、また面倒事に巻き込まれる危険性もある。

そのため俺たちは中心通りへと向かうと、まずは衣服屋へと入った。

とりあえず、着替えを行うことにしたのだ。

貴族の子息として訪れていたときは街で買い物をしても、財布を気にすることはなかったが……今は事情が違う。

まず目をやったのは、値札だった。二人、ほっと安堵の息を吐く。

「どちらかと言えば、庶民派のお店ね。値段が良心的よ」

「うん。これなら手が届くな。……でも、お嬢様としてはもっといい服がいいか？」

「いいえ、私はどちらかといえばドレスは嫌いよ。うっとうしいもの」

彼女はそう言い切り、店を一周すると、すぐに衣服を決める。

このあたりも、もしかしたら例の「勘」がびびっと働いたのかもしれない。

むしろ俺よりも早い。

試着室から出てくると、あら不思議。もはや別人の風貌になっていた。

チェック柄を基調とした紺のブレザーに、足元にスリットの入った黒色のタイトスカート。

腰のところには飾りのベルトがついた、少し学生風の服だ。顔が隠れるように、つばの長い帽

いのだ。

分かっていたことだけれど、どうしても馴染めそうにない。なにをやっても、図抜けて美しい

セレーナは帽子を少し深めにして、ふふっと得意げに鼻を鳴らす。

「どうかしら。これなら、馴染《なじ》めそうでしょ」

子を被っている。

「いや、まぁその辺を歩いてたら確実に目立つね。間違いない」

言わなかったが、スカートのスリットをずっと凝視してしまうかもしれない。

横から俺たちを見ていた女性店員さんも、「わぁ」と声を上げて頬を染めている。

「……あら、そうかしら」

「とりあえず、上からコート着てたほうがいいよ。それがいい、絶対」

「そう言うなら、そうするわ。じゃあ、次はあなたの分ね。私に任せて」

セレーナは、どういうわけか上機嫌になっていた。うきうきとした様子で店内を物色し始める。

「ちょ、俺はなに着たって変わらないからいいよ、自分で選ぶし」

なにせ、いつも平凡な見た目だと揶揄《やゆ》されてきたのだ。服くらいで変わるわけもない。

だというのに、セレーナはもう止まってくれない。

「いいじゃないの。こういうデート、ずっと憧れてたの」

「で、デートって……」

「デートでしょ、どう見ても。私はそう思いたいけど、ダメかしら」

彼女は少し腰をかがめると、下から俺を覗き込みじっと目を見つめてくる。

その時点で負けであった。こんなもん、恋愛経験の乏しい俺に勝ち目があるわけがない。

「……いいけど」

半ば答えさせられるみたいに、言ってしまう。

そうしてセレーナに腕を引かれながらの、衣装選びが始まった。

「この腕輪とかもいいわね」

彼女は、純粋に買い物を楽しんでいるかのようであった。

色んなものを手にとっては、俺の身体に当てて、棚に戻すのを繰り返す。

……そもそもの目立たないって趣旨忘れてない？　そう思いたくなるくらいであったが、

「あ、このマフラーを巻けば顔も隠せるんじゃないかしら」

一応、忘れているわけではないらしいのでよしとする。

むしろ問題は——

「これ、格好いい腕輪ね。お揃いでつけるのはどうかしら」

「……でもお高いんでしょう？　財布には優しくないんでしょう？」

「まぁたしかに、そこそこ値が張るわね。綺麗な石も埋め込まれているみたいだから」

お金のほうだ。こちらばかりは許容できない。

元来の目的は、食料と魔導具の原材料を手に入れることなのだ。

「……そうね、これは諦めようかしら」

それまで、にこにこと明るい表情をしていたセレーナの表情に少し陰りがさす。短めの紫の髪で目元が隠れると、結構落ち込んでいるように見えた。

だが、これぱっかりはどうにもならない。

そう思っていたところに、その救いの手は差し伸べられた。

「お値引きしちゃいます！　かなり割り引いちゃいます！」

と、さきほどセレーナの姿に頬を染めていた女性店員が申し出てくれたのだ。

「え、いや、でもなんで？　いいんですか、そんなの」

「いいんですよ、だって最近はどうせ売れてませんし」

たぶんクロレルの悪政の影響だろう。俺が眉をひそめていると、それに、と彼女は続ける。

「なによりも私癒されちゃいましたから。お二人の関係性に！」

「……え」

「だって、仲睦まじいことがすごく伝わってきます。彼氏さんのために一生懸命な彼女さんも、彼女さんの希望を聞いてあげようとする彼氏さんも、もう最高！　お金がなくても、変わらぬ愛って感じでいいです、とても」

……どうやら、少し変わった人らしい。

早口で喋《しゃべ》る彼女の様子に、俺はかつて屋敷に勤めていたメイドのことを思い出す。

似ている、すごく似ている。

ベクトルこそ違うが、彼女も思い立ったら一直線であった。

俺が勝手に少し懐かしく思っているうち、セレーナが割引購入の話を進めていた。

まぁ理由はどうあれ、安くなるなら金欠の俺たちにはありがたい話だ。


そうしてセレーナによる、衣服選びは再開となる。

結果として着替えたのは、彼女が選んだものと同じ少し制服テイストのものだった。

「似合ってるわよ、すごく」

セレーナがにっこりと笑顔になってこう褒めてくれる。

「俺としては、着こなせてないと思うけど？」

「いいの。私が似合うと言ったら、似合うの。格好いいわよ」

いつもクロレルと比較され、平凡だとか庶民ヅラだとか揶揄されてきた俺だ。

見た目を褒められ慣れていないので、かなり照れくさかった。

返事が思いつかず、こめかみを掻く。

「お二人とも、とってもお似合いです！　もう最高です、最高のカップルですよ！」

……そんな様子に、一連のやり取りを見ていたらしい店員さんが、なぜか一番興奮していた。

まじで、なぜ。

「ていうか、俺たちカップルじゃないけどいいのかよ」

「いいの。実質それ以上でしょ。毎日一緒に寝てるんだから」

「こら、淑女ならそんな誤解を招く言い方はやめなさい」

とにもかくにも、無事に新しい服を購入することができたのであった。

23話　元お付きのメイド、現る！

服も新たになって、俺たちは堂々と街の大通りを歩く。

この街の中心に値する地域だ。

俺がクロレルとして統治していた頃は、新しい店が割拠して、先が見えないくらい人が通っていることもあった場所だが、今は閑散としていた。

人足はまばらで、路面店の中には閉まっているところも多い。

大勢の中にまぎれれば、例の特別警ら隊にも見つかりにくいと思ったが、そうはいかないようだ。

俺たちは通りを早足で歩いて、営業していた道具屋へと入る。

必要な部品や道具をいくつか手に入れたら、その流れで食料品の買い出しへと移った。

「トルビス村にはないものがいいわね。たとえば香辛料とか」

「そうだな。じゃあ、塩と胡椒と砂糖……って、俺、料理とかまったく分からないんだけど。

そもそも、これが香辛料に含まれるかすら分からん」

「ちなみに私もよ。分かるのは、そうね。塩と胡椒、砂糖ね」

「……そういうところは令嬢さんなんだな」

「調味料がなくても、ご飯は食べられるもの。……マフィンの作り方だけは覚えたいけれど」

マフィンは、セレーナの好物だ。

そういえば、トルビス村へと下るときにも大量に持ってきて、真空状態を作り出す魔導袋に入れていたっけ。

ちなみに今回も、すでに菓子店には寄って、マフィンは手に入れてきた。この機会に村人たちにも食べてもらうのだ、とかなりの量を買ってある。

作れる人がいれば、ここまで荷物を抱えることもなかったかもしれない。

「欲しいなぁ、料理人。料理人も仕入れていきたい……」

「なに、私のご飯じゃ不満？」

「そうじゃないけど、なんというか、セレーナの作る料理は豪快だろ。俺もなにもできないんだけどな」

クロツキノワの肉の調理方法がいい例だ。

干し肉を焼いたもの、揚げたもの、塩漬けにしたもの――。

ほとんどこれだけで、セレーナの料理のローテーションは回っている。

俺が手伝おうにも、焦がしたり燃やしたり爆発させたり散々だ。

村人たちはといえば、そもそも調味料が塩のみの生活を基本としているから、そのレパートリーは多くない。

最終的な俺の理想は、悠々自適な暮らしである。

そのためには、料理レベルの底上げは、トルビス村での生活をよりよいものに変えていくためには、必須課題の一つだ。

「まさか。いよいよ人攫いにまで、手をつけるつもり？」

「……アホ言えよ。やるか、そんなこと」

「でも、そうでもしないとトルビス村に来てくれるもの好きはいないと思うけど？」

それは、その通りだ。

街の中で暮らす権利のある者が、街から出る決断をするわけがない。危険に晒されるうえ、食事も保障されないなど、メリットがほとんどないためだ。

ただ諦めきれずにいたら、そのいい匂いは漂ってきた。

ちょうどお腹がすく時間ということもあった。あれよあれよのうち、身体が勝手にそちらへ流れていってしまう。

「なぁセレーナ。お金はどれくらい余ってるんだっけ？」

「ふふ、分かりやすい。普通にお昼くらいなら食べられるわよ」

「よし、なら食べていこうか。これは、そう、あくまで料理のレパートリーを増やすための情報収集と、料理人を捕まえるためだ、うん」

「そういうことにしておきましょうか」

追手にばれさえしなければ、問題はないだろう。

そう都合よく考えることにして、俺たちはその匂いを漂わせる料理屋へと向かう。

その店は、路地裏にぽつんと立っていた。見たところ、ほとんど屋台と変わらない掘っ建て小屋である。

少し前なら入るのに躊躇《ためら》っていたかもしれないが、トルビス村での限界生活を経験した今は違う。

扉を開けて中に入る。

そこはカウンターのみ五席程度の小さな空間があるだけだった。

驚いたことに人気はまったくない。カウンター席はあるが、厨房《ちゅうぼう》の奥は完全に黒い布で覆われており中は窺えない。

お客さんどころか店員さんすら出てこないが、入ったところにあるカウンターには大きく張り紙がしてあった。

「……席が空いていたら勝手に座っていい、ってさ」

「不思議なところね」

「というか気味が悪いだろ、これは」

セレーナは、相変わらず肝が据わっている。

彼女はなんの気なしに、その張り紙通り席につく。

すると、今度は『注文が決まったら紙に書いて、カウンターの下から差し出してください』との但し書きが、これは席正面の壁に書かれてあった。

俺たちは置かれていたメニュー表をそれぞれ開く。

「どれもお手頃な価格ね。一番高くても千五百ウェルなんて。……久しぶりに魚が食べたい。白身魚のハーブ蒸しにするわ」

セレーナはいつもの決断力で、すぐに決める。

一方の俺はといえばメニュー表を何度もめくり、また最初のページから見直す。それを繰り返していた。

「ゆっくり決めていいわよ」とセレーナが言ってくれるが、迷っているわけではない。

ページを見返すたびに蘇《よみがえ》る記憶を思い返していたのだ。

結論から言えば、俺はそこに書かれていたどの料理も口にしたことがあった。とくに覚えているのは、「鶏、豚、牛の三種肉チーズ丼」なるメニュー。

これは俺がまだ十歳くらいだった幼い頃にわがままを言って、作ってもらった超お子様願望の詰まったメニュー。

──作ってくれたのは、俺がトルビス村へと追放される少し前まで専属でついてくれていた担当メイドだ。

「もしかして、メリリ……？」

確信していたわけではないので、俺は少し控えめな声で黒い布の張られたカウンターの奥へと尋ねる。

しばらく、返事はなかった。

「あら、もしかして知り合い？」と、セレーナが口にしたときだ。突然にその黒の幕が取り払われる。

カウンターの奥から誰かが身を乗り出してきたと思えば、むにゅという感触に肩が包まれる。

そのやたらと強い抱きしめる際の力からして、間違いない。

「声でもしや、とは思ってましたが、この抱き心地間違いありません！　あ、あぁ、アルバぼっちゃま！　ほんとにアルバぼっちゃま！　ついに会えましたっ！　あぁどれだけ再会できるこの日を待ち望んだことかっ！　メリリは、メリリは……！　あぁ、ほんとにアルバぼっちゃまの匂いですっ！　すー、はーっ！」

「ちょ、そろそろ痛いんだけど……⁉」

蚊帳の外にされたセレーナから注がれるじとっとした視線も含めて、色々と痛い。

24話　暴走メイド（26）は止まらない

幼少期から約十年ほど、俺にはずっとお付きのメイドがいた。

それがメリリだ。

最初に出会ったとき、俺が八歳で彼女が十六歳。

はじめはメイド研修として入ったのだが、そのまま俺の担当となった。

「羨ましいよ、アルバ。あんな可愛い使用人がついてるなんて、そうないぞ？」

王都にある貴族学校に通っていたときには、学友から羨ましがられることもあったっけ。

たしかに、その見た目は可愛らしい。

そして十年の月日を経ても、その可愛らしさはまるで変わらなかった。本当の不変である。

年上に言うのもなんだが、まるで小動物のようなのだ。

くりっとまるでガラス玉みたいに丸い目、それがはまる乳白色の肌、子どもみたいな小さな背丈であるあたりなどはとくにそう。

唯一、小動物らしくないものといえば……

他のあらゆる要素に見合わないほど豊かな胸くらいだろうか。

「あぁ、ぼっちゃま、アルバぼっちゃま！」

ほら、このはしゃぎようもなんとなく子犬みたい。

彼女は、お団子状に結び固めた桃色の髪をまるでしっぽかのごとく揺らす。

ずっと、こうだ。昔からずっと、彼女は俺にべったりくっついてくる。

それを見て、青い溜息を吐いたのはセレーナだ。

怜悧な瞳で冷たい視線を流してくるのだから、なにからなにまで真逆の存在に見える。

「……で、誰よこの人は」

「それは、こっちのセリフですよーだ。あなたこそ誰ですか。あたしはアルバぼっちゃまと永遠を誓い合った仲ですけども」

いや、そんな記憶はないんだけどね？

こんな貰い事故みたいな形で、セレーナに誤解されては困る。

俺は、すぐさま話を遮って訂正へと入った。

「この人は、メリリ。俺の世話役を任されていた元メイドなんだ」

「ふーん、ということは二十なかばなの？　これで？　……すごいわね、色んな意味で」

「すごいんだ、色んな意味で」

メリリはそれを聞いて、「そうでしょ！」とでも言わんばかりに腰へ手をやり、ドヤ顔をして見せる。

「まぁあたしぃ、永遠の十八歳なんですけどねっ！」

「いや、二十六だろ、たしか」

「あらあらまぁまぁ！　ぼっちゃまったら、あたしの年齢を覚えてくださって……あ、今のなし！　十八ですよ～、やだなぁ」

いちいち身振りが多いのも、彼女の特徴だ。

手首を前へと振って、「やめてくださいよ」と笑う。

それを一瞥して、セレーナはふっと口端を吊り上げた。

メリリはそこに、ただの苦笑ではないなにかを感じ取ったらしい。実際、俺にも少しだけ分かってしまった。

「あ、なんですかその顔は！　勝ったって思いましたね、今⁉　若さだけがすべてじゃないんですけどぉ⁉」

「……十八って自称してる時点で、若さに価値があると考えてる証拠だと思うけれど」

「なっ、そういう的確なことは言わないでください！　失礼すぎません、あなた⁉」

「それはそうと、ご飯は作ってくれるのかしら。私もアルバも暇ではないのだけど」

ほとんどセレーナが圧倒しているといって、よかった。

それこそ年齢差など関係なく、メリリはたじたじだ。

だが、やられっぱなしでは気が収まらなかったのかもしれない。

彼女はまるで獣みたいにうめいたあと、ついに反撃へと出る。

ちょこちょこ歩いてカウンターから出てくると、セレーナに近づく。

「ご飯は作りますよ。でも、食べるときは、帽子を取るのがマナーです！」

そして、その帽子をはぎ取ったのだ。

「さぁ、これでどんな人か分かりますね！　どれどれ……」

メリリは、正面からセレーナの顔を覗き込む。

そして、それきり固まってしまった。だんだん姿勢を崩していき、やがて尻もちをついた。

「なによ、人を化け物みたいに指をささないでもらえる？」

「……も、もしかしなくても、あなたって！　アポロン家のセレ――」

ぎりぎり間に合った。

俺は慌ててしゃがみ、叫びかけるメリリの口元を押さえにかかる。

彼女は少しだけじたばたともがいたものの、すぐにおとなしくなった。

「あっ、アルバぼっちゃまの匂い……！　もっと嗅ぎたいかも！　あぁ、もう少し強めに抱き寄せてもらってもいいでしょうか！　できれば、胸に埋《うず》めてください！」

「切り替え早いな、おい」

理由は、ひどいものだったけれど。

とにかく、外までセレーナの名が響き渡るのを避けることはできた。

もしそうなっていたら、また特別警ら隊の連中と戦わなくてはいけなくなる。

俺は安堵と呆れから溜息を吐いた。

このままでは、ろくに話もできない。

今は別の意味で興奮してしまっているメリリに、まず落ち着いてもらうため、料理をお願いすることとした。

昔よく作ってもらった三種肉のチーズ丼を注文すると、彼女は目の色を変えて、カウンターの奥へと戻っていった。

待ち時間、セレーナは真顔ながら口元に手を当てて思案顔をする。

「こんな人に料理なんかできるのかしら。そもそもメイドとしての仕事、成り立ってたの？」

「そこは心配いらないよ。腕だけは本当にたしかなんだ」

「ぼっちゃま、腕だけとは失礼ですよっ！」

そして、耳もたしからしい。

再び幕の下ろされたカウンターの奥から、鋭い指摘が入る。

そうこう話しているうち、食欲をそそる音とともにいい香りが店内を漂い始めた。

少しして、カウンターの奥から手と皿だけがにゅっと差し出され、まずは白身魚のハーブ蒸しが提供される。

見た目や匂いの時点で、その腕が立つことは伝わってきた。

野菜の配置もよく彩りも豊かなら、皮目はぱりっと焼き上げられており、その香ばしさを湯気に乗せてこれでもかと漂わせる。

ちなみに、三種の肉丼はご丁寧なことにわざわざカウンターから出てきて、両手で添えるように提供された。

……俺とセレーナへの態度の差は、ともかくとして。

「すごい、本当に美味しい。中までふっくら仕上がってるし、香辛料の効き具合もいい。オリーブオイルにも旨味が出ているわ」

「うん、やっぱりこれは外れないな。このワインソースの味、どの肉にも合うんだよ。単純な料理だからこそ、この旨味は普通引き出せないな」

一応、店を開いているだけのことはある。

料理には、手を抜くことはなかったらしい。

「アポロン家にいたどのキッチンメイドが作ったものより、美味しいわ。丁寧でありながら、遊び心もある」

セレーナのメリリに対する評価もかなり上がったようだった。

言葉だけではない証拠として、次々とフォークが白身魚に刺され、見る間に量が減っていく。

添えられていたパンも、いつのまにかなくなっている。

元主人としても、それは嬉しい限りだった。

「むふふ、やっぱりご飯食べているぼっちゃま見るのは格別ですね……、とくにあたしのごはん食べてる顔が最高です。なんだかうっとりしてきました」

カウンターに肘をついて、べったりと視線を浴びせられたのは少し困ったが、そんなのは些《さ》細《さい》な話だ。

セレーナともども、お代わりまでたっぷりといただいて、満腹になった。

「そういえば、なんでこのご令嬢がここにいるんでしたっけ？」

メリリに尋ねられていなければ、あまりの充実感と食後の眠気で、危うく本題を忘れるところだった。

気を取り直して、俺たちは事情説明を行った。

彼女のことはずっと近くで見てきているから、信を置くことができた。しかも、セレーナのこともばれたからにはしょうがない。

……もちろん、クロレルとの入れ替わりのことは言えないが。

「……なるほど、そういうわけで、って。結局謎ですけどね。セレーナ嬢、あんなにクロレルと仲よさげだったのに」

「だから言ったでしょ、なにかが変わったのよ」

「そのなにかが分からないんですけどね」

そのあたりは、俺にもいまだに分からない。セレーナの持つ直感による部分が大きいためだ。

そこを追及しようとしても、水かけ論にしかならない。

「で、メリリのほうはどうしてこの路地裏のボロ屋で料理屋をやることになったわけ？」

「あたしですか、そうだ、聞いてくださいよ、あたしのお話！　覚えてますよね、あたしはアルバぼっちゃまの専属だったのに突然クロレルに呼ばれて、そっちに仕えることになったの」

「あぁ、うん、覚えてるよ」

たしかクロレルとの入れ替わりが終わったその翌日。

十年近く俺の専属として勤めてきたメリリに、唐突な辞令が下りてきて、彼女はクロレルの屋敷に雇われることとなったのだ。

その経緯を、俺はよく知らない。

なぜなら三か月間は、メリリと接することもなかったためだ。

「たぶんですけど、あたしがあまりにもアルバぼっちゃまと距離が近かったので、大旦那様が心配されたのかもしれませんね。超余計なはからいですけど」

「……それで、クロレルの元へ行ったのに、どうしてここでお店なんか開いてるんだ？」

「それは、お二人と同じです。逃げてきたからですよ。あたし、昔からクロレル嫌いだったんですよね、粗暴ですし。あ、セレーナ嬢の前で言うことじゃないかもしれませんね」

セレーナはそのセリフに、ゆるりと首を横に振る。

「いいのよ、同感だから」

つい少し前までいがみ合っていた二人の意見が、ここで合致した。

ちなみに、もちろん俺もそう思っている。

となると、気になるのはクロレルが俺の身体に入っていたときはどうだったのだろうか。

「……でも、三か月くらいは俺もめちゃくちゃに暴れてただろ。あのときは、どうも思わなかったのか？」

「え、はい。アルバぼっちゃまにもやっと反抗期がきたんだ！って、むしろ嬉しくなりました。というかそもそも、クロレルじゃなくて、アルバぼっちゃまなら、なにをしてもメリリは受け入れますよっ」

いやいや、どういう基準なの、それ。

というか、なんでちょっと頬を染めているの。

色々とツッコミどころこそあれ、入れ替わりが感づかれてはいないようだった。

「あたしがクロレルのお屋敷を逃げ出したのは、アルバぼっちゃまがいないからです。最初のうちは、大旦那様への恩もありましたから残っていましたけど、すぐに限界になりました。だって、あたしはアルバぼっちゃまだからこそお仕えしていたんです」

「それとお店を始めることには関係がないように思うけど？　アルバを諦めて、料理で生計立てるつもりだったの？」

セレーナがこう尋ねると、メリリはむっと目端を尖《とが》らせて首を振った。

「違いますよ、失敬な。アルバぼっちゃまが遠い遠いところまで飛ばされたことは噂で聞いていました。当然、すぐにでも行きたかった。十年以上も一緒にいたんです。ぼっちゃまは、あたしの生き甲斐だった。でも、あたしは屋敷から逃げるように出たので、無一文だったんです」

「……じゃあもしかして、旅費を稼ぐために？」

「そのとーりです！　だから仮小屋を建てて、ひっそりと営業していました。身元が割れたら、クロレルに処罰されるかもしれませんので、顔も見せずに営業していました」

「そんなことしてたら客は入らないでしょ」

「まぁそうですね、正直苦しいですよ。『特別警ら隊』はあたしのことも追ってましたから。まぁ、メイクとか変装は得意なんで今までばれたことはないんですけど、念には念を入れていました。こんなところで捕まって、ぼっちゃまのところに行けなくなるのは絶対避けたかったんです」

メリリは喉を詰めた声でそこまで言うと、カウンターのうえで拳をぎゅっと握る。

よく見れば、この店だけではない。

彼女の着ている服もエプロンも少し古っぽい。

もともとはおしゃれ好きで、頻繁に髪型を変えたり化粧を嗜んだりしていた彼女が、今や髪までぼさっと乱れている。

彼女が現在進行形で味わっているだろう苦労が、全身に見て取れた。

「でも、よかった。我慢してよかったです。想定していた形じゃないですけど、ぼっちゃまに会えました……！」

メリリは気丈に笑ってみせる。だが、そのすぐあとには涙がしたたり落ちる。

「あれ、嬉しいんですけどね。どうしてだろ……」

俺とセレーナは顔を見合わせたあと、彼女がとめどなく涙を流すのを見守る。

「料理人、見つかったわね。連れて帰りましょ」

「さっきまで、あんなにいがみ合ってたのに、いいのか」

俺がなにか言い出すより先、セレーナが言った。

「いいもなにも、あなたもそのつもりだったでしょ。顔に書いてあるわよ」

たしかに図星だった。俺にとってメリリは家族より、家族に近い存在なのだ。できれば、また会いたいとも思っていた。

そこを思いがけず先回りされて、虚をつかれた。

「それに、ここまで聞いておいて放ってはおけないわ。私は悪魔じゃないの。それに、これでマドレーヌも食べ放題になるしね。作れるのでしょう」

「はい、作れますけど……」

「じゃあ採用よ」

わざわざ茶化して空気を穏やかにまでしてくれるのだから、さすがの器量だ。

本当に、彼女が一緒でよかったと改めて思う。

俺はセレーナに礼を言うと、今度はメリリのほうへと目をやった。

「あのさ、よかったら俺たちと――」

セレーナの了承も得たことだ。

正式に、トルビス村に来ないか尋ねようとしたのだが……

彼女はまだ服の袖に目元を押し当てていたので、そこで俺は言い止まる。

「行きます、当たり前ですよ。ぼっちゃまに誘われて、断るメイドはいません」

そして、セレーナに続いてまた先回りされた。

というか、顔を上げたメリリの顔には涙の一粒さえ浮かんでいない。けろっと、満面の笑みだけが浮かんでいる。

「……いつから嘘泣きしてたんだよ！」

「それは秘密です♪」

25話　脱出と秘策

とまぁそういうわけで、メリリも加わり俺たちは三人になった。

彼女に尋ねながら調味料類の買い足しを行う。そののち人目を気にしながら、侵入してきた壁の前まで帰ってきた。

「あぁ、ずるいですよ。セレーナ嬢。あたしが前でお姫様抱っこされたかった！」

「……公正にじゃんけんで決めた結果でしょ」

「そうですけど、背中もいいんですけど、十八の乙女としてはお姫様抱っこは憧れてたんです～、夢見てたんですぅ」

前にはセレーナを抱え、後ろにはメリリを背負う。

あまり人目につきたくなかったし、何往復もするのは面倒だ。

一回で済ませようと俺が横着した結果、こうなってしまった。しかも二人は食料や道具類など、大荷物まで持っている。手も足もかなりの重量がかかる。

「ちょっと静かにしててくれよ、二人とも。ばれたら困るし、集中したいんだ」

重しをつけられているようなものだ。

魔力の質を高めなければ、この壁は超えられない。

俺は目を閉じて、肺から空気をすべて吐き出した。

魔力は心技体のすべてが揃ったとき、最大量を生み出すことができるとともに、その質が高まる。

だが正直、身体の疲れはほぼ限界に近かった。

その分は他で補うしかない。

俺は極度まで意識を集中させると、『高跳躍』を使う。

そうして無事に、壁の頂上まで上ることに成功していた。

「……今、アルバぼっちゃま跳んだ⁉　てっきり紐《ひも》でもあるのかと思いましたよ！」

「そういえば、メリリにも秘密にしてたっけ」

「なにをです？　あたしに秘密なんて」

「俺、実は魔法使えるんだよ」

えぇぇぇぇ！！！という声を聴きながら、今度は壁の外、林の中へと着地する。

「死ぬかと思いました……、いや、いいんですけど。ぼっちゃまの背中で死ねるなら本望ですけど……！」

メリリは早口で呟き、まるで動物が木に登るときみたく俺に張りつくが、大げさすぎる。

「早く降りてくれよ……」

彼女をどうにか引き剝がした俺は、着地の際にできた足跡を消すため、土をならす。

その後はダイさんの住む小屋へと向かい、預けていたブリリオを引渡してもらいに行った。

そこで、彼らが林を駆け回って遊んでいるのを見たときは驚いた。

いつのまにか、かなり懐いたらしい。

「もう、ダイさんもスカウトしたらどうかしら。しつけ役兼大工として」

セレーナの案は俺も名案だと思ったのだが、ダイさんはそれを固辞する。

「悪いな、アルバさん。俺は一応まだ雇われの身なんだ。クロレルに恩義も忠義もないが、俺が投げ出せば他の大工も苦しむ。すまない」

こうまで言われてしまっては、それ以上の説得はできなかった。

責任感の強いダイさんらしい。

「だが、いつかは必ずアルバさんに力を貸そう」

「……ありがとう、ダイさん」

そんなわけで、未来の約束を交わしたのち彼に別れを告げた俺たちは、ブリリオに乗って三人で村まで引き返す。

すぐにでも眠るつもりだったのだけど、

「速い、すごい！　行けぇ、ブリリオちゃん～！　うぉぉ、世界のどこかにいるお母さん‼

メリリ、今、風になってるよ～‼」

なんて後ろでメリリがエキサイトしてしまってはそれもできない。

ほんと、どこから湧き出てくるのその活力。

もしかして俺たちから魔力でも吸い取ってる？　気のせいか、めちゃくちゃ疲れてくるんだが？

身体は重いが、目を瞑っても寝られない。

瞼《まぶた》の裏側に浮かんでくるのは、ついさきほどまで見てきたクロレルシティのひどいありようだ。

「それにしても、クロレルときたら、めちゃくちゃやるよな」

「……ちょうど私もそれについて考えていたところよ。あんなのを統治とは言わない。遊ばれてるのよ、街全体がおもちゃにされてる」

まさかあそこまでとは考えてもみなかった。

俺が険しく眉間に皺を寄せていたら、セレーナが言う。

「兄のやったことだからって、あなたが責任を感じることではないわよ。アルバ」

たしかに、表面だけを見ればそうだ。

罪を着せられ辺境地へと流された俺が、あの街のことを心配したって、どうこうできる資格はない。

俺はできるだけのことをしたが、あのクロレルがその予想を上回って無能かつ自分本位だっただけのことだ。

だが、俺は知っている。

三か月間だけとはいえ、彼らの生活を間近で見てきたのだ。

罪なき民がされたい放題に虐げられているのを、ただで見過ごすことはできなかった。自分だけが快適スローライフを送れたらいい、とは割り切れない。

それくらいの良心は持ち合わせている。

俺がなおも顔をしかめていたら、前に座っていたセレーナがこちらを振り返っていた。

「あなたって、ほんと。結局優しいんだから。自分のことばかり気にしてるみたいに振る舞うけど結局誰かのことを考えてる」

「……余計なこと言わなくていいんだよ」

「ふふ、そうね。でも、抱えすぎはよくないわよ。だって考えてもみて。村は村で課題山積よ。人が統治している街のことを考える余裕あるの？」

……そうだった。

あぁ、やること多すぎん？　ほんと余計な仕事を増やしてくれるものだ、バカ兄め。

俺は頭を整理するため、ふーっと息を吐く。

が、思うようにはいかなかった。

結局どちらも諦めたくはない。

俺が理想とするスローライフは、その陰で誰かが苦しんで代償を負わされるようなものではないのだ。

そんなことになったら、素直に楽しめないしね。

「ぼっちゃま、見てください、あたし！　やっぱり風になってる！　あははっ」

……あぁ、メリリくらいなにも考えずに生きられたら楽だったのだけれど。

ブリリオの背で立ち上がって、手を広げる暴挙に出るメイドを見て俺は遠い目になる。

が、彼女を見ていて思いついた。

「そうか……。別にあの街自体を救わなくてもいいのか」

「なにを言ってるのよ、アルバ」

「思いついたんだよ、同時にうまくやる方法」

俺は少し頭を整理してから言葉を継ぐ。

「トルビス村はまだまだ発展途上、これから片付けと開発を進めていくにはかなりの人手が必要だろ？　逆にクロレルシティは、あの状況だ。失業者だって多い。なら、誘致すればいいんだよ。今メリリが料理人として、トルビスに向かっているみたいに」

そうすれば、人手不足は解消するし、街の失業者たちを救うことにもなる。

まさに一石二鳥だ。

「……たしかに、いいわね、それ。トルビス村の周りは自然環境も豊かだし、村の周りを含めれば開発し甲斐のある土地だもの」

「だろ？　なにも、それを今いる人たちだけでやる必要はないよ」

もちろん、こんな話を持ちかけたところで応じない人のほうが多いだろうとは思う。

なにせ街の中に入れる人間は『良民』で、それ以外は『下民』と見られている。その差別意識は根強い。

だが、そんな下らない選民意識を捨てて、トルビス村に来たいと思ってくれる人たちならば、きっといい人材になる。ともに暮らしていけるよき隣人になる。

「やりましょうか、それ。私だって、あの街の人々を放っておきたかったわけじゃないもの。それで、具体的にどうやって勧誘するの。私たちが表立ってやるわけにはいかないし、そんな勧誘行為をすれば特別警ら隊も狙ってくるわよ」

「……それは、だな。うん、これから考える」

希望の光は見えた。名付けるならば、大移住誘致作戦！

俺はさっそくその方法を考えるのだが、難しいことに頭を捻ったせいだろう。さっきまでは訪れる気配のなかった眠気が襲い来る。

こうなれば、どんな騒音でも関係ない。

『眠ったか、アルバ殿。よいことだ、よく休むがいい』

ブリリオのこんな声を聴きながら眠りに落ちたのだった。

4章　陰謀に巻き込まれる件

26話 【side: クロレル】理不尽な統治についにデモが起きる

――アルバたちがクロレルシティを極秘で訪問してから数日。

クロレルの悪政により崩壊への一途を辿っていたクロレルシティでは、ついに暴動が起きていた。

そのわけは、『特別警ら隊』の崩壊にある。

アルバが氷漬けにした隊員らが見つかると、そのやられように恐れをなした隊員の一部が去っていったのだ。

そのうえ、情けない姿を晒したこともあり、一部の住民はついにクロレルに対して反旗をひるがえした。

『圧政反対、理不尽な税金反対』

そんなことを謳《うた》った旗が街中の各所で揺れる。

状況確認のため、街へと降りてきていたクロレルは間近で見たそれを、苛立ちから焼き払う。

しかし、きりがない。

すぐ近くに立っていた魔導灯を見ると、

『能無し領主を追い出せ！　署名を集めて、ハーストン辺境伯へ提出しよう！』

だなんて紙が貼られてあり、クロレルの怒りを助長する。

歯ぎしりをしながらそれを引きちぎって裏を見ると、

『次期領主は弟アルバ様のほうがいいのかもしれないぞ、もはや』

『でも犯罪者なんだろ？』

『犯罪者のほうがましってことだよ』

今度見つけたのはこんな書き込みだ。

冷静さを失い収まりのつかない感情に襲われた彼は、怒りの咆哮を上げて、それが貼られていた魔導灯に拳を叩きつけた。

「ふ、ふざけるなよ……！！　あのカスが、あそこまで落としてやったあのカスのどこがいいんだ！！！！」

それは、もっとも恐れていたことであった。

認めたくはなかったが、端的に言えばクロレルはアルバの存在が怖かったのだ。

無能と見下し続けてこそきたが、アルバもハーストン家の血を引く者で、もちろん家督を継ぐ資格はある。

そのため、絶対に万が一がないよう、わざわざ悪行を着せて追放までさせた。

ようやっと自分の地位が安泰になったところで、足元が揺らぎ始めたわけだ。

「なんで、こうも思い通りにいかない……！」

このまま街にいては、怒りが収まりそうにもなかった。

クロレルは、憤慨しながら屋敷の執務室へと引き返す。

そこに肩をすぼめて待っていたのは、一人の役人だ。

「クロレル様、再雇用のお声がけをしたバーズ様ですが……」

どうやら人事の報告のようだった。

さしものクロレルとて、この状況が相当にまずいことは肌で感じていた。

ならば、一時的にでも他人に頼って巻き返しをはかればいい。

そうすれば人望も戻り、権力もこの手に落ちてくる。

そう考えて、前にアルバが雇い、クロレルが追放した財務担当の役人・バーズを探してもらっていたのだ。

アルバのときとは比べ物にならない給料を提示したうえ、経済に関しては完全に任せるという特約もつけた。これならば、間違いなく帰ってくる。

クロレルはそう確信していた。

「バーズ様はどうしても、戻りたくないと」

その見立てはしかし、甘すぎたらしい。

「なんだと？　これだけの好条件を与えてやったのにもかかわらずか。お前、ちゃんと条件を伝えたんだろうな」

「は、はい……！　しかし、もうクロレル様にお仕えすることはない、と断言されてしまいました」

それは当然の報いであった。

一度自分の私利私欲のため斬り捨てた人間だ。ちょっといい餌を垂らしたところで、戻ってきやしない。

考えれば分かるような話だったが、頭に血の上《のぼ》ったクロレルにはそれができなかった。

まったく思い通りにはならない展開に、クロレルは再び苛立つ。

その矛先が向いたのは、窓の外だ。

「だいたい、てめえらがろくに税金を収めないのが悪いんだろうが。だから税額を上げてんだぞ、この愚民どもが！」

お門違いも甚だしい。

圧政により経済が回らなくなれば、税収も減る。

その中で税収を維持しようと思えば、さらに搾り取るしかなくなり、それでも足りなければ街として借金をするほかない。

そして、今度はその返済にお金がかかる。

その悪循環の内側で経済はどんどんと委縮し、金銭的に余裕のある人々はとっくに街を出ていってしまった。

そうして入ってくるお金が少なくなれば、まともな施策も打てなくなる。

そんな中、クロレルの肝煎りで再開した賭場の工事も、業者による中抜きや不正などにより資金が足りなくなって、中止に追い込まれかかっていた。

この最悪の状況を生んだのは、民ではない。間違いなく、クロレルのめちゃくちゃな政策のせいである。

もう、どうにもならないところまで来ていた。今のクロレルシティは、沈むのを待つだけの泥船状態だ。

剣を抜いて窓を割るなど、荒れ狂うクロレル。

そこへ、扉の外から新たな訪問者があった。

「クロレル様、そう苛立たなくてもよいですよぉ」

にこにこと笑う背丈の低いその男は、クロレルにそう投げかける。

彼は、人手不足から新たに雇った役人の一人だった。

常に笑みをたたえているのが、不気味な男だ。彼はゆっくりと唇を弾いて喋る。

「あなた様が不安になるのは分かります」

「お前ごときになにが分かるのだ、下っ端」

「あなたは、弟のアルバに家督が与えられることを心配しているのでしょう？　この街がどうなるかより、それを危惧している」

「……それがどうした」

「だったら、僕らにいい策がありますよ。伸るか反るかはあなた次第ですが」

わけの分からない連中による、都合のいい話だ。

普通は疑ってかかるべきで、その場で断るべきだろう。

そんなことは権力者ならば誰でも分かることだ。

だが今のクロレルには、当たり前の判断はできなかった。

「……話を聞こうじゃないか」

その甘い響きに耳を傾けてしまう。

それくらいまで、彼は追い込まれていたのだ。

沈みゆく泥船にわざわざ乗り込むような連中に、ろくな奴がいないことも知らずに。

かくしてクロレルはさらに沈みゆくのだった。

27話　暴走メイドと騒がしい朝

クロレルシティを極秘訪問してから数日。

新たにメリリが仲間に加わったことにより俺たちの食事は、そりゃあもうかなり改善された。

「はーい、ぼっちゃま。……ついでに、セレーナ嬢。メリリがお給仕にあがりましたよ～」

朝からばっちりメイド服を着込んだメリリにより運ばれてきたのは、ベーグルサンドを中心としたセットメニューだった。

ベーグルの間に挟まれているのは、玉子やベーコン、レタスなどの野菜と、自家製だというサウザンドソースだ。

「パン生地もあたしの手ごねですから、ぼっちゃまが昔食べていたものと同じ味のはずです。たまごスープもご用意しましたよ。後入れクルトンで食感の変化もお楽しみください！　それとセレーナ嬢にはご所望のマドレーヌも焼きましたよー、仕方なく」

俺とセレーナへの態度の差はもはや気にしないこととして。

ここまで手が込んだ朝ご飯にありつけるのは、ありがたい限りであった。

干した肉を焼いて、そのまま口にしてきた日々を考えればもはや泣けてくる。

俺たちが口々に「美味しい」と口にすると、彼女はにこにこと笑顔を浮かべて今度は紅茶を淹《い》れてくれたり空いた皿を下げてくれたりするなど、せっせと働く。

「……さすがは元メイドね。まるでお屋敷の中に帰ってきたみたいよ」

「だな、分かるよその感覚」

ついついすべてを任せてしまっていた。

だが、今の俺は別にもう世話をされるような立場の人間ではない。それに、屋敷勤めのメイドみたく高い給金を払えるわけでもないのだ。

「えっと、なにか手伝おうか」

俺はこう申し出るのだが、彼女は首を横に振る。

「ぼっちゃまらしくないことを言いますね？　気を遣わないでくださいな。これがあたしのお仕事で、生き甲斐ですから！」

どうやら元メイドとしての意地があるらしい。

心底楽しそうにてきぱきと仕事をこなし、作業が落ち着いたらお盆を胸に抱えて扉の脇で待機をする。

そこまでされれば、もうなにも言えない。

俺もセレーナも黙って食事を再開するのだけど……、どういうわけか、ちらちらと視線を感じる。

澄まし顔で立っているのだが、たしかにもの言いたげな雰囲気が伝わってくるのだ。

「……メリリ、どうした？」

俺はスープをすくっていたスプーンを止めて尋ねる。

すると、彼女は途端にあわあわし始めて、お盆を落とすのだから分かりやすい。

「うえっ、なんにもないですよ!?　アルバぼっちゃまと二人で食事なんて妬ましいとか恨めしいとか羨ましいとか、あたしもぼっちゃまと食事したいとか、あーんってしてさしあげたいとか、そんなことはこれっぽっちも考えていません！　メイドですので！」

メリリは早口でここまで喋る間に、お盆を拾い直してその後ろに顔を隠す。

「忘れてくださいませ！」

こうお茶を濁そうとするが、もう遅い。あまりに本音というか欲望が、駄々《だだ》洩《も》れだった。

なおも取り乱すメリリに対して、

「まるで一人寸劇ね」

セレーナの反応はこれだけだった。

あくまで優雅な朝を崩すつもりはないらしい。まるで本当にお屋敷の中にいるかのごとく、目を瞑りながら優雅に紅茶のカップを傾ける。

このあたりは、何者にも靡《なび》かない令嬢と呼ばれていただけのことはある。

一方の俺はといえば、ここまで本音を聞いてしまった以上そうもいかない。

「なぁセレーナ」

話を切り出そうと、声をかける。すると、怜悧な紫色の瞳が片方だけぱちりと開いた。

「……別にいいんじゃないかしら。アルバの前の席は譲れないけれど、三人で食べること自体はいいと思うわ」

どうやら先のセリフを読まれていたらしい。完全に先回りされてしまった。

これも、例の「勘」というやつなのだろうか。

虚をつかれつつも、俺はメリリのほうへと目を向ける。

「あぁん、いいんですかセレーナ嬢⁉　さっきは色々言ってすいません、ご相伴にあずからせてくださいませ～！！！」

やっぱり彼女は色々と忙しい。

半分泣きながらそそくさと自分の皿を準備して、俺の横手に椅子を持ってくる。

どういうわけか、その距離は微妙に近かった。

少し遠ざけてみると、また近づいてくる。

「な、なんだよ」

「そりゃあこれですよ。遠いとやりにくいじゃないですか」

彼女は頬を朱色に染めながら、スープをすくった。

かと思えば、

「アルバぼっちゃま、あーん」

これだ。俺が身体をよじってそれを拒むと、彼女は不満げに頬を膨らませる。

「なんでですか～！　『あーん』もしていいって話じゃないんですか⁉」

「そうとは言ってない‼」

「えぇ、言ってないわね。許可してない」

「いつから許可制なんですか⁉　いいじゃないですかぁ！」

食事だけではない、メリリが加わることで、これまでのセレーナとの静謐《せいひつ》な朝が一変していた。

メリリのいる賑《にぎ》やかしい朝も、まぁ悪くはない。

28話　あっさり新規開墾！

そしてメリリが加わった効果は、なにも食に限ったことではなかった。

ハウスメイドだった彼女は掃除や洗濯にも長けており、あらゆる面で俺とセレーナにないものを持っていた。

せっかくの技術である。俺たちだけで独占していても、もったいない。

そこでメリリには空いた時間は、村で家事を担ってくれている方々へ指導をお願いすることとした。

「あ、違いますよ。服についた汚れはこすったらダメです。叩きましょう、とんとんと！」

「えっと、メリリさん。もう一度お願いします」

「だから、とんとんです」

……だいぶ感覚的な気もするが、少なくとも和気あいあいとして雰囲気はいい。

彼女の明るい声に導かれるようにして、村全体が活気づいているようにも感じた。

集会所を覗けば、セレーナは今日も鑑定にいそしんでいる。

最近では、たとえば農具などの簡単に作れるものの製造も始めたため、こちらの活気も上々だ。

そんな中、俺が一人向かったのは村から少し上ったところにある森だ。

やりたいことは決まっていたし、場所も前々から見繕ってきた。

俺はまずその中へと入り、一部の場所に魔力伝導機能のある杭《くい》を打つ。これは、そこへ魔力を流せば、他の杭も反応して結界を作れる代物だ。

この間、クロレルシティで仕入れてきていた。

「すべてを攫う風よ、無に帰せ。『滅風旋回《めっぷうせんかい》』！」

準備が整ったのち、俺は風属性魔法を発動する。

しばらくすると、杭で囲んだ範囲にのみ強い風が発生する。

やはり、だんだんと魔力量が増えている気がする。少し前まではここまでの威力は出せなかった。

もしかするとメリリがきたことで、栄養バランスの整った食事をとれていることもあるのかもしれない。

強い風に耐えながらも、俺は魔力を流し続ける。

一定時間ののちに確認すれば、そこは更地と化していた。脇を見れば、切った木々が積み重なっている。

「……おっと」

木々を無駄にしないための技の調整といい、範囲の広さといい、さすがに負荷が高かったらしい。俺はふらっとしかけるが、倒れ込んではいかない。

またセレーナが支えてくれていたのだ。

……というか、見れば村人が何人も見に来ている。かなりの轟音《ごうおん》だったから、なにが起きたのか気になったのだろう。

セレーナは、抱え込むようにしていた俺の頭を軽くはたく。

「また無茶したわね、やりすぎよ」

「悪い。飯もよく食べたから、ちょっとはりきりすぎたな」

「……で。これ、まさか農地を増やすために？」

「さすがだな、セレーナは。前に少し話してたろ？」

だいぶ生活環境がましになってきたとはいえ、農地が整備されない限り、食料の供給が安定することはない。

そのためには農地を増やす必要があるが、山の中にぽつんとあるこの村では土地が足りない。

そのとき、目をつけたのがこの場所であった。

森の開発は、場合によっては洪水の原因になったりもする。無限に開発するわけにはいかないが、ある程度はよかろう。

「みなさん、ここを農地にできれば、食料生産も多少安定するはずです。今日以降で時間がある方は手伝ってもらってもいいですか」

自力で立とうにも力が入らなかった。

俺は恥ずかしいながらセレーナにもたれつつ、集まっていた村人らにそう呼びかける。

が、なぜか反応が薄い。どうやら農地がいきなり二倍近くに増えたことに面食らっているらしかった。

少ししてから、何人かがぽつぽつと頷いてくれる。

が、皆が皆というわけではないのは、やはり人手だ。

「あとは人さえいれば、完璧なんだけどなぁ。ここから土を掘り起こして作付けして収穫まで全部ってなると結構な負担だよな、俺は絶対嫌だ」

「……そうでしょうね」

俺は相変わらずセレーナに寄りかかりながら、ここ数日で何度も考えてきた問いを再考する。

「ぼ、ぼっちゃま〜〜！」

そこへ、メリリも遅れてやってきた。

小さな身体と大きな胸をたゆませながら、息を切らして走ってくる。心配してくれたのかと思えば、彼女はこちらにかけつけるなり、俺の頭を自分のほうへと、しかも胸へと引き寄せる。

俺を掻き抱いて言うには……

「ぼっちゃま、あたしの胸でよく休んでください！　こっちのがずーっと柔らかいですよ」

というもの。

完全に暴走していた。

村人の手前だったから恥ずかしいったらなくて、俺は顔に血が上るのを感じながら、どうにかしようともがくが、いかんせんメリリの力はかなり強い。

柔らかい感触の中に俺は完全に埋められる。

「……あなた。そういう問題じゃないと思うのだけど？」

「そういう問題です。ぼっちゃまは、小さい頃からここで大きくなられたんですから。ここで休むのが一番です！」

いや、なってないよ？　しかも、捉えようによってはよくない誤解を招く言い方だ。

あと、もうそれ以上は本当に恥ずかしいからやめてくれない⁉

「ぼっちゃまは、あたしのものなんですったら！」

暴走は簡単には止まってくれなさそうだった。なんなら、メリリの腕にはいっそうぎゅっと力がこもる。

もうこうなったらば、しょうがない。子供の頃、メリリに捕まった際に逃げるすべとして身に付けた最終秘技を今使うほかない。

俺はメリリの胸にあえて顔を強く押し付ける。

「あっ、やん、ぼっちゃまったらっ、んっ」

そうして力強くホールドされていた腕と胸に隙間を作った。

そしてその下をくぐるようにして、どうにか逃れる。大人になって、まさかこの技を使う機会が来るとは思ってもみなかった。

それからしばらく、俺は魔力切れも、とんでもないシーンを村人に見られた恥ずかしさもあり、家で休んでいた。

こんなときは寝るに限る。そうして少し眠りについたのち、目を覚ますと……

「メリリ……！」

ベッドの横手にはそのメリリがいた。

さっきの暴走っぷりを目の当たりにしている。また「ぼっちゃまはベッドじゃなくて、あたしの胸で休むべきです」とか言って、とんでもない行動に走るんじゃ……

俺は警戒して、すぐに起き上がりベッドを飛び出る。

が、しかし。

「おはようございます、ぼっちゃま。そんなに急に動いたら、立ちくらみになりますよ。それで、なにか飲まれますか？」

「え」

まるでなにもなかったかのような、メイドらしい振る舞いだった。

俺が気にしすぎなのだろうか。それとも、少しは暴走を反省したのか。

その態度に拍子抜けしつつも、俺は遅れて返事をする。

「あぁ、うん。紅茶を頼むよ」

その後も、とくに変わった様子はなかった。

「セレーナはどこにいるんだ？」と聞いてみても、

「セレーナさんなら集会所ですよ。魔導具の仕分けを手伝ってます」

普通の受け答えをしてくれる。

ただ、あんなことがあったあとだ。俺のほうは少しばかり意識をしてしまう。

「えっと、俺ちょっと外に行ってくる」

照れ隠しから、紅茶を飲み終わったあとすぐ逃げるようにして外へと出た。

とくに、予定はなかった。今日は一度魔力を使い果たしたし、なにかするにしても明日以降でいい。

そう思っていたが、すぐに家へ戻るのも変な話だ。

俺はとりあえず、さっき新しく開いたばかりの土地へと足を向ける。

するとそこではもう何人かの村人たちが鍬《くわ》を手にして、土を掘り返してくれていた。

その進み具合はかなりいい。

「さっそくありがとうございます」と声をかければ、村人の一人はこちらに農具を掲げて見せる。

「いいえ、こちらこそ土地を増やしていただき、ありがとうございます。いい感じですよ、これのおかげですね。実に画期的です」

その手に握られているのは、魔導具の残骸を寄せ集めて作った特殊な農具だ。

本来は、料理用の魔導ミキサーに使われている、風属性のタリアーレという魔石入りの刃を、『有形創成』で農具の先に結合した。

これが結構、使えているらしい。

が、しかし。

「ただ奥の方の敷地はかなり土が固くて、この魔導具を使っても、うまく掘れないんです」

その村人は実際に敷地の奥まで行き、鍬を土に向かって振り下ろす。

が、表面が削られるだけで、鍬は奥まで入っていかない。

どうしてだろう。疑問に思った俺は、集会所へと足を向けて、セレーナを呼んできて鑑定をしてもらう。

「どうやら、ここだけ土質が固いらしいわね。もともとあった木の根が残ってるのかも」

「……つくづく、試練ばっかりだな」

ただでさえ人手が足りない状況だ。

掘り返せもしない土地に労力をかけてほしくはない。俺が強力な魔法を使えば早いのかもしれないが……もうしばらくは、大量に魔力を消費するのはごめんだ。

俺は、有効な手立てがないかと考える。そこでふと思い出したのは、かつて貴族学校の教科書で見た挿絵だ。

「たしか、牛とか馬とか使ったら楽になるって言ってたような……」

それで一つ、名案が浮かんできた。

「それよ、アルバ」

セレーナも同じことを思いついたらしい。

うちには牛も馬もいないが、聖獣ならいるのだ。

俺はさっそく行動に移り、村人たちにその新しい土地から離れてもらう。そこへ、ブリリオとフスカを連れていった。

『……アルバ殿、私はなぜここに連れてこられたんだ？』

「くぅん」

二匹は行儀よくお座りのポーズ、首を傾げて俺の方を見る。

もはや狼と言うより、犬だね、これ。

大きさが異なる以外は、ほとんどただのペットだ。

が、今ばかりはそれでは困る。野生を取り戻して、暴れてもらわなければならない。

「いつも村でおとなしくしてるんじゃ、退屈だろ？　だから、ここで思う存分身体を動かしてほしいんだ」

俺がそう言うと、小さなサントウルフ、フスカは嬉しげにしっぽを振ったのち、一つ吠えると、ほとんどまっさらな土の上を跳ね回り始める。

一方のブリリオは、まだ戸惑い気味だ。

『……よいのか、そのようなことをして。土地が荒れてしまいはしないか』

「気にしてくれてありがとうな。でも、むしろここの土を掘り返したいと思ってるから遠慮はいらない。たまには、遊んでやれよ、フスカと。そのほうが、あいつの成長のためにもいいだろう？」

俺が少し上にあるブリリオの顔を見上げてそう言えば、彼は少し目を瞑る。

それから、『分かった』と口にした。

先に走り出したフスカを追いかけるようにして、ブリリオも駆け回り始める。

途中、ブリリオからフスカへ跳躍の方法を教えるなど、なんとも微笑ましい光景が繰り広げられる。

サイズ感こそ犬と違えど、もふもふが戯れている光景は、ずっと見ていられる気さえするくらい癒しだ。

そして、それだけではない。

ブリリオの前足の力はかなりのもので、ほとんど鍬の入らないくらい固かった土もどんどん掘り返されて、鮮やかな茶色に変わっていく。

そしてその日が終わる頃には……

「もうすっかり畑のようになってますなぁ……」

村人たちが驚くくらいには土がしっかりと掘り返されていた。

ブリリオとフスカはもう全身土だらけになっていた。

「ありがとうな、今日は」

俺は、魔法で作り出した水で、その土を流してやりつつ彼らに礼を言う。

すると、フスカはきゅーんと鳴いて、ブリリオは鼻先を俺のほうへと向けた。

『この子も楽しかったと言っている。これで力になれたのなら、こちらから礼が言いたいくらいだ』

どうやら彼らも、満足してくれたようだ。

29話　暴走メイドの夜這い!?

その夜のこと。

俺はベッドに入り、目を瞑ってこそいたが、なかなか寝付けなかった。隣のベッドで眠るセレーナの浅い寝息を聞きながら、俺はふーっと深い溜息を吐く。

「メリリの奴、どうしたんだろ」

不眠のわけは、お付きメイドの暴走について、考えていたからだ。

だが、これは今に始まったことではない。思えば再会してからの彼女は、ずっと様子がおかしいのだ。

やたら胸に埋めてきたり、かと思えば普通の振る舞いを見せたり。

なんとなく、不安定すぎる感じがする。この十年間見てきた彼女とも、様子が違う気がしていた。

会わずにいた期間が彼女をそうさせたのだろうか。

俺がその理由を考えつつも、どうにか眠りにつこうと目を瞑っていたときのことだ。

ふと、毛布の内側に風が吹き込んでくるのを感じた。

窓は締めたはずだから、なにかがおかしい。

もしかしたら侵入者の可能性もある。

俺は毛布から頭を出し枕元に置いたナイフを手繰り寄せるのだが、そこで見たのは手足を目いっぱいベッドの端に張って、俺を覗きこむメリリの姿だった。

この家は、三人で暮らすには手狭だ。

メリリには、脇に作った別棟で生活してもらっていたから、窓を開けたのも侵入者も彼女だろう。

「……なっ」

下から覗き込むというのは、まぁとんでもないアングルだった。

薄手の寝間着は子供っぽく犬のワッペンなんかが縫い付けられているのに、態勢のせいで、こぼれんばかりの胸が強調されるばかりかこぼれそうにすらなっている。

彼女の髪は俺の鼻先までかかって、いい香りをさせた。

驚きもあって、心臓はばくばくとなっていたが、今この状況でセレーナを起こしてしまったら、いよいよどう思われるか。

「なにをしてるんだ」

俺はなんとか声を抑えて尋ねる。

彼女はそれに、ふふと小さく笑い漏らしてから答える。

「ちょっとお邪魔しに来ました。ぼっちゃまとお話がしたくて」

「……その姿勢で？　腕、震えてるけど？」

「じゃあ、ぼっちゃまが降ろしてください。そのまま抱きしめて、毛布の中にあたしを引き込んでくれれば、あたしはそれでいいんです」

「な、なにを言うんだよ」

「冗談じゃないですよ。あたしだって、あたしだって、色々と覚悟を決めてここに来たんです。だから、だから、今夜はあたしと――」

　メリリはそこまで言ったところで、力尽きるように俺の上へと落ちてくる。

　その重みでベッドが沈み込み、身体が密着する。そうなると、あらゆる部位の形が分かるうえに、熱い体温が伝わってきた。

　少し荒くなった生ぬるい息が顔に吹きかかるのが、こそばゆい。

　そのうえ、耳たぶを優しく触られたりなんかすれば、危うく声が出かける。

「ふふ、可愛いぼっちゃま」

　そのうえ耳元に口を寄せて、こんなことを言ってくるのだから、耐えるのが精一杯になる。

　それをどう捉えたのか、メリリは今度、人差し指を俺の顔に這わせて、唇まで持ってくる。

　そうして今度はゆっくりと唇を当てがおうとしてくるのだが……

「待った、どうしたんだよ本当に」

　俺はそこで彼女を留めた。

本能とのぎりぎりのせめぎ合いに、どうにか勝利したのだ。

なにより、キスやその先なんてものは、こんなふうにわけも分からずすることではない。

セレーナが起きていないことを確かめてから、ほっと息を吐く。俺の腰上に座ったまま俯くメリリの表情は、どうも少し浮かなかった。

なにも理由がなくこんな暴挙ともいえる行為に及んだとは思えない。

俺は事情を聴くため、彼女を外へと連れ出した。

村の外れに作っていたベンチに腰かけて横並びになる。しばらくはただ座っていただけだったが、

「だって、ぼっちゃまが悪いんですよ」

やがてメリリはこう切り出した。

うん、当然ながらわけが分からない。俺は自分を指さして、尋ねる。

「えっと、俺が……？　なにかした覚えがないんだけど」

「……それ、本当に言ってます？」

「え、あぁ、本当だけど。悪い、なにをしたか教えてくれないか」

なにか勘違いされることでも言っただろうか。

それとも、セレーナとの関係が原因？

頭を巡らせる俺に対して、メリリはここで俯く。

夜の空気に溶かすような細い声で、言った。

「アルバぼっちゃまが、先にあたしを押し倒したんですよ？　あたしは忘れもしません。まだ、ぼっちゃまの専属メイドとして働いていた頃。半年ほど前のことです」

かなり照れくさかったらしく、彼女はそこまで言うと、膝を持ち上げ抱え込む。元から小さい彼女が今はより小さく見えた。

俺はといえば、逆に天を見上げるしかない。

冷静になろうと、夜空に溜息を吐くとともに、心の中で叫ぶしかない。

クロレルの野郎、うちのメイド様になにしてくれてるんだ！！！と。

半年前といえば、まだ入れ替わっている最中だ。

30話　覚悟してください！　本気で落としに行きますから！

クロレルの奴。

犯罪を繰り返すだけにとどまらず、遊女と楽しむのみならず、こんなに身近な存在にまで手を出そうとしていたなんて。

あのクズときたら、とんだ変態でもあるらしい。

入れ替わりが終わったあと、メリリを唐突に自分の屋敷に呼び寄せたことを考えても間違いない。

彼女の態度がおかしかった理由はこれに違いなかった。

メリリの立場になって考えれば、たしかに俺の行動はわけが分からないかもしれない。

押し倒しておきながら久々に再会したら、セレーナと一緒に住んでいて、かつ自分には元に戻ったように接してくるのだから。

「そのときは、あんまり突然だったので断ったんです。そりゃ、ぼっちゃまのことは大好きですけど、ぼっちゃまとメイドがそういうの、よくないですし……」

とりあえず、結果的に既成事実ができていなかった点は不幸中の幸いだろうか。

「本当に覚えてないんですか、アルバぼっちゃま」

「えっと、あれはその……」

俺は返答に窮して、目線を上にやる。

だって、どう言い訳しようにも俺にそのときの記憶はない。

クロレルとして、真面目に領地の改革を行っていた頃だ。

どういう場面で押し倒したのかが定かでないから、具体的な光景が浮かんでこないのだ。

だからと言って、入れ替わりについて正直に話すことはできない。たとえ言うことができたって普通は信じられない。どうしようもない言い訳にしか聞こえないだろう。

「……えっと、悪い。あれはなんというか、その」

「いいですよ、覚えていないなら」

メリリはそう言うと、ベンチから勢いよく立ち上がる。ぐーっと伸びをして、俺のほうへと向き直った。

「どうせ、あのことがあってもなくても、あたしはアルバぼっちゃまが大事なのは変わりません。もしあの夜がなかったとしても、どうせ、ぼっちゃまを探しにこの村まで来ていた。だから、いいんです」

ありがたい助け船だった。

だが、それと同時に、気軽に乗っていいものかと躊躇もする。

メリリはこれまで数か月の間、俺とのことでずっと悩み続けてきたはずだ。

ここで彼女のこの言葉を素直に受け入れることは、その時間を無駄にしてしまうことにならないだろうか。

その心にできた傷を見て見ぬふりをすることにはならないだろうか。

言葉に詰まる俺に、彼女はいつものオーバーリアクション。拳を握りしめて、ベンチに足をついて宣言する。

「その代わり、覚悟してください。今度は、あたしの方からぼっちゃまを落としちゃいますから。今答えは聞きませんよ。とりあえず、明日から！　……あ。今、二十後半にもなって必死すぎ笑えるわーって思いました⁉　違いますよ⁉　あたし、十八！　永遠ですよ、ぼっちゃまがお誕生日を迎えても十八！」

こっちは真面目に考えていたのに、これだ。

もはや、つっこむ気力さえ起こらなくなる。

だがもし、茶化すところまで含めて彼女の計算の上だとしたら。

若く見られたいメリリとしては不本意かもしれないが、年上の包容力や余裕を感じないでもなかった。

31話　【side: メリリ】乙女心と自制心

正直に言えば、忘れられていたことはショックだった。

初めてアルバに押し倒されたとき。

メリリはこれまでの人生で一番動揺した。が、昔からありったけの好意を注いできた相手であるから、当然、嬉しさも大きくてどうにも動けなかった。

たしかに、あの時期のアルバはかなり荒れていた。

その一環で気の迷いだったのかもしれないが、彼が幼い頃から主人として慕い、弟のようにも恋人のようにも思ってきた相手からの行為だ。

あの瞬間を忘れられるわけがない。むしろ何回でも思い返される。

周囲との関係性だってある。

はじめは覚悟が決まらずに拒んだが、次にそういう雰囲気になったら今度こそ――。

そんなふうに心に決めていた矢先のことだ。

メリリに言い渡されたのは、クロレルの元への配置転換であった。

そのうえアルバは辺境に追放され、遠くへと行ってしまうのだから、目の前が真っ暗になる。

が、それでもメリリはアルバを諦めなかった。アルバという光を求めて、泥の中から抜け出した。

だから街で彼と再会したときには、運命を確信した。自分たちは引き寄せ合っている、と思った。

そしてうっかり、きっとアルバも同じ気持ちでいてくれているのだと、思ってしまった。

セレーナに色々と食いかかってしまったのは、それが理由である。

見ないうちに、アルバの横にしっかりと定着し、あまつさえ同じ部屋で寝起きしている彼女が少し、いやかなり羨ましかったのだ。

「……あーあ、勝負下着だったのに」

アルバの家へと夜這いをかけ、失敗に終わったその翌日。

メリリは今日も眠れず、思わず天井に向かって呟いていた。

眠気などはまったくなかった。ただ悶々《もんもん》と考え事だけが際限なく広がっていく。

挙句の果てには、セレーナとアルバが一緒になって寝ている光景なんかまで浮かんでくるのだからたちが悪い。

彼女は『高潔な薔薇』と評されていただけあって、そりゃあもう美しいのだ。

それはスタイルとか顔とか、そういう問題じゃない。雰囲気からして、自分には発しえない、色気をむんむんと放っている。アルバがすでにそれに魅了されていても、なんらおかしくない。

「あぁ、もうやめやめ。今のなし！」

なんて、このありもしないことの想像をいくらやっても無駄であることは、十八年……いや、二十六年生きてきたら分かっていた。

「わざわざあぁ言ったんだから、めそめそしてないで明日からは年齢とか身分とか関係なく勝負よ、メリリ！」

だから、布団の下で拳を握ると、自分に言い聞かせる。

そうして眠りにつこうとしたとき、彼女は窓の外でがさりと音がしたのに気がついた。

どうせ眠れないこともあった。

メリリは布団から出て、窓を開けると、その下を覗き込む。

「……なんでしょう、これ」

そこには、妙にきちんと包装された袋が置かれてある。

好奇心程度で中身を開けてみると、驚いた。そこに入っていたのは、化粧品や香水、口紅類といった小物、さらには絹でできた上等な寝間着。

どれも上物で、貴族のご令嬢が使うような代物ばかりだ。それこそ、メリリには手に入れられず、セレーナには手の届く代物。

さらには、こんなメモが添えてあった。

『これで、気品ある美人に。もっと綺麗になれば、狙った人も一撃』と。

なんとも魅力的な謳い文句であった。

セレーナへ感じている劣等感を取り除き、勇気を与える。今一番、心の響く言葉が詰まり切っていた。

誰が置いていったのだろうか。メリリは顔を振り周りを見回す。

「誰かいるんですか。よかったら紅茶でも淹れますよ……なんて」

と呼びかけるも、そこには誰もいない。

ただ魔導具類が転がる景色と、小屋で丸まっているサントウルフの家族の姿が目に入るだけだ。

目に入るだけでぎょっとするような大きさでいまだに慣れないが、たしか彼らは番犬のような役割を担ってくれているとアルバが言っていた。

「あの子たちが起きてないってことは、村の人でしょうか。はっ、まさか色々と察して、配慮してくれた？　でも……」

いずれにしても、怪しさはぬぐえない。

怪しいのだけど、それ以上に魅力的な言葉がメリリの心を躍らせる。

いけないとは思いつつも、その自制心は乙女心に勝てなかった。

32話　毒

クロレルが俺と入れ替わっているとき、メリリに手をつけようとしていた。

そんな恐ろしく衝撃的な事実が判明したものの、とりあえずは話がついた。

……そう思っていた翌日の晩のこと。

「アルバぼっちゃま」

俺が目を覚ましたのは、またしても彼女に襲撃を受けたからであった。

「……メリリ」

俺は身体を起こす。

彼女は足音を立てないようゆっくり窓枠から下りると、ベッドのへりに腰かけた。

またしても窓から入ってきた点はさておいて、昨日よりは数段落ち着いている。

少なくとも、そう感じた。

彼女をそう見せるのは、たぶん化粧と寝間着だ。

昨日は年齢に似合わず子供っぽい仕立てだったのが、今日はシンプルな絹のガウン。サイズ感も彼女の背丈にぴったりで、谷間が覗くあたり、普段にはなく煽情的《せんじょうてき》な趣をしている。

そして、化粧の具合も違った。

元来の整った顔が、さらに引き立てられていたのだ。

月夜に映える白肌に、紫色に近い朱のリップなど、その印象はかなり変わっていた。

思わず見つめてしまっていると、彼女は俺の肩に頭を預ける。

いつもよりさらに甘い匂いに、頭がしびれた。

「な、なにをしに来たんだよ、昨日の今日で」

「……昨日言いましたよ、あたし。これからは本気でぼっちゃまを……、いえ、アルバ様を落としに行くと。なのでさっそく来たまでですよ」

十年来の呼び方が変わった。

それは、変化させたいという意志の表れなのだろう。そこに驚いていると、彼女は俺の髪をまとめるようにして、首裏へと手をやる。

「さぁ、あたしは覚悟できていますよ。逃げないなら、このままキスしますから」

まるで昨日と同じ展開だ。

メリリは目を閉じると、とんがらせた唇をそっとこちらへ寄せてくる。

そこで雷が走ったようにある記憶が頭を駆け巡った。

「この匂い、嗅いだことがある……」

「えっ」

たしか、俺がまだクロレルと入れ替わっているときのこと。

この香りを嗅いだのは、街で横行していた闇市を極秘視察に行ったときのこと。

そのとき出回っていた違法化粧品と同じ香りだ。

俺はすぐさま、枕元に置いていた魔導灯をつける。

「ちょ、アルバ様。そんなことをしたらセレーナ嬢に……」

と、メリリは焦る。

実際、セレーナを起こしてしまったらしく、

「……どうしたの、眩しい。というか、どうしてメリリが？」

彼女は寝ぼけまなこをこすりながら首を傾げる。

だが、状況を説明している場合でもない。

「あとで言うよ。起こして悪い。とりあえず、だ。メリリ、顔をよく見せてくれ」

「うぇぇっ⁉　そ、そういう趣味ですか。あえて見せつけてやる、とかそういう高度な趣味ですか、アルバ様……！　って、ふえ？」

「違うよ、ちょっとだけ動かないでくれ」

「ひゃ、アルバ様……！　は、はいぃ！」

俺はぎゅっと目を瞑るメリリの唇に親指をかける。

唇の裏側が、ぽつぽつと白く膨れているのを見つけて、嫌な予感は確信へと変わった。

「それ、毒ね。ジギタール、遅効性の毒よ」

毒に詳しいセレーナもこう補足するのだから、間違いない。

ジギタールは、薄紅色の花を原料とする毒だ。その発色のよさから、以前、化粧品に混ぜ込まれた粗悪品がクロレルシティでは出回っていた。

その言葉に、メリリは目を何度かまたたいたのち、言葉に詰まりながら問う。

「ど、毒？　アルバ様、セレーナ嬢、それってどういう……」

「場合によってだけど放っておいたら、死ぬわ。それくらいの猛毒よ」

それを聞くや、あわあわと震え始めて、勢いよく真後ろへと倒れ込んだ。

「おい、メリリ！」

俺は彼女の腕を引いて身体を揺すり、すぐに声をかける。

が、さすがは鑑定士だ。セレーナは寝起きでも冷静だった。

「大丈夫。さっきも言ったけど、毒自体は遅効性。見たところ、塗ってからまだ大して経ってないわ。最初はそこまでの症状は出ない。これは……精神的ショックのせいよ、きっと」

「そ、そうか。メリリは態度に出やすいもんな。でも、どうすればいいんだ。遅効性といったって、そこまでの猶予はないだろ」

「そうね、あと一時間やそこらかしら。でも、危険なのは変わりないわ」

「とりあえず、俺は解毒ポーションを作る材料を探しに行く。たしか、アカザの葉が有効なんだったよな」

「そうよ。……どうしてそれを？」

「えっと、一般知識だよ」

本当は直接視察に行き、そこで聞いたわけなのだが、今はそんな弁明をしている場合ではない。

セレーナに見ていてもらって、すぐに家を飛び出す。

まず向かったのは、ブリリオとフスカのいる小屋だ。

『こんな時間にいかがした、アルバ殿』

「今すぐアカザの葉が欲しいんだ。葉の一部が赤い野草なんだが……どこにあるか分かるか」

『それならば、我らが知っている。案内してしんぜよう』

やみくもに探すよりは、この周囲の森のことを知り尽くしている彼らに頼むほうが効率的なのは間違いなかった。

すぐに姿勢を低くかがめて、乗りやすい体勢を取ってくれていたブリリオに俺たちは乗せてもらう。

そうして、フスカともども森の中へと駆け出した。

彼らのおかげもあり、それはすぐに見つかった。

『ここらでは、あの辺りがもっとも群生している場所だ。ここを除けば、数はそう多くない。だが……』

「まったく。なんだって、あんなところに」

——ただし、それがあったのはハチ型の魔物・グランペスパが巣をなしている真下である。

焼き払うのは簡単だが、普通のハチに比べてかなり体長が大きく、人間の顔ほどの全長をしているのがグランペスパだ。かなり大きな巣が、大樹から釣り下がっている。

「本音を言えば、焼き払って駆除をしたいくらいだな」

が、その性格はかなり攻撃的で、持つ毒もかなり強力だ。

しかも、駆除せずに放置すれば、加速度的に数を増やすとされる厄介者なのだ。

だが暴れられることで、アカザに引火してしまったら本末転倒である。

限られた時間だが、慎重さも求められる難しい状況だ。

なにか有効な策はないものかと俺が思考を巡らせていたら、

『アルバ殿、私に任せてくれるか？』

フスカが身をかがめて、警戒の姿勢を取りながら言う。

『彼らは警戒心が強い、私のような大きな獣が遠吠えを上げれば、巣を守ろうと、周りに固まるのだ』

「……なるほど。それなら、やりようがありそうだな。うん、頼む」

俺がそう言えば、フスカは空へと顔を向けて、思いっきり遠吠えを上げる。

夜空に響き渡ったその声は、美しくも勇ましい。

そしてそれに反応して、グランペスパの群れは本当に寄り固まり始めた。少し引いて見たら、一つの個体に見えるくらいだ。

「……うわぁ。こういう集合体とか見てられないんだよな、俺」

『アルバ殿、早くしたほうがいい。今度は襲い来るかもしれぬゆえ』

「おいおい。先に言えよ、そういうのは」

俺は土属性魔法により、その巣の周りに壁を錬成する。さらには、それを高く高くと天へ向けて昇らせる。

壁の内側でさっそくグランペスパが羽音を立て始めた。が、それより先に土壁に蓋をすることで、奴らを中へと閉じ込めた。

そして、その天井から、火属性魔法『火雨《ひあめ》』（なんか火の粉ふらすやつ、と俺は覚えている）を見舞う。

「ふぅ、こんなもんか。よし急いで採取しよう」

『……一瞬の組み立てでここまでとは。天才であるな、アルバ殿は』

「いいや、俺一人ならどこにアカザが生えてるかすら分からなかったんだ、それに遠吠えも助かった。恩に着るよ」

俺は採取を終えると、グランペスパたちが全滅していることを確認したのち、すぐに引き返す。

そうして戻ってくると、メリリは、さきほどより少し顔が赤くなっているし唇の腫れもひどくなっていた。

俺はそれを横目に、セレーナに加工方法を尋ねながらポーションを作る。それを布に染みこませて、メリリの口元をぬぐう。

「アルバぼっちゃま、あれ、あたし……」

なんとか、処置は間に合ったようだった。

急いでいたため、逆にかかった時間のことを気にできていなかったのだが……

「早すぎよ、アルバ。余裕があったわ」

セレーナによるとまだ初期症状程度の段階で、とどめることができた。

33話　差し向けられた刺客は、クロレルから？

初期症状の段階で治療を終えられたこともあり、メリリの体調はかなり早くに回復の兆しを見せた。

「アルバ様、すいません、あたし……。あたしのせいでこんな事態に。しかも、こんなにお手間をかけて……！　余計なことはしないを至上主義にしてるのに！」

いつもの調子が戻る。ほっとしたいところであったが、俺はうっすらとそれを感じていた。

何者かが上にいる、と。

さっきまでは焦っていたせいで気づけなかったか、今は向こうが焦っているゆえに気配が分かるのか。

俺は、天井へとナイフを数本放り投げる。

すると、どうだ。

梁《はり》とともに崩れ落ちてきたのは、黒装束を見に纏った大柄な男であった。顔の半分以上が覆われており、人相を窺えない。

「な、なぜ、拙者の居場所が分かった……！」

男はすぐに態勢を立て直し、部屋の角へと逃れる。

どうやら貴族の血を引く者らしい。風属性魔法を使って高速で去ろうとするが、速さで劣ることはない。

俺は土属性魔法『土づる』により、家から去ろうとする彼の手足を拘束していた。

「なっ、魔法までこういくつも使えるとは話が違う……！　しかもこの強度……」

「さて、話を聞かせてもらおうか」

黒装束の男は、状況を見るやすぐに観念したらしい。

隠し持っていたナイフや小刀などの武器（一部、解毒剤らしき小瓶やお守りなんかも混じっていたが）を捨てて、その場に正座をする。

その素早い判断は、そうできるものじゃない。

こうして相対して感じる実力者の風格や、彼の身なり、起こった出来事から見るに、暗殺を請け負った仕事人なのだろう。

「……拙者の負けだ。煮るなり焼くなり好きにするといい」

それゆえに、覚悟も立派なものだった。

目を瞑り、正座をして首を前に突き出す。

だが、俺にはもう誰が依頼をかけたか見えていた。

仕事を受けた形のこの男に刑罰を加えたり、ましてや首を落としてやろうだなんて思いもしない。

「いや、煮ても焼いても食えそうにないから遠慮したいな。俺はただ話をしてくれればそれでいいんだけど」

「……それはできぬ。そういう契約だ」

男は頑なに、なにも答えようとはしない。

だから仕方なく相手の反応で確かめるため、勝手に推理を話してみることにする。

「まあ大方、クロレルとの契約で俺を殺しに来たんだろ。メリリはそれに利用された。彼女が俺を襲うように仕向けて、もろとも毒殺することを狙ったんだ」

理由も想像がつく。

「いい加減な政治ばかりして、クロレルの評判は今、地に落ちてる。だからあいつは、自分の代わりに家督を継ぐ可能性を残している俺を殺すことで地位の安定を狙った。そんなところだろ?」

まさか暗殺まで狙ってくるとは、こうして襲われるまでは考えもしなかったが。

俺の存在など、クロレルの眼中からはとうに消えていると思っていたはずだ。が、奴の狡猾《こうかつ》でひねくれた性格を思えば、念には念を入れて、俺の排除を目論むことはありえないことじゃない。

黒装束の男は、目を見開きそれを聞いていた。やがて詰まっていた息を吐き出して、ついに首を縦に振った。

やはり、推測通りだったらしい。

「……そこまで分かっているとは、噂に聞いていたのとはまるで違いますね。かなりの切れ者のようだ、アルバ・ハーストン」

突然、言葉遣いが丁寧なものになる。話す気になったということだろうか。

「そんな大したことじゃない。さぁ、すべて白状してくれよ。さっきも言ったが、俺はお前を殺すつもりはないから安心して話すといい」

「……なぜ。なぜです、拙者はあなたを狙っていた暗殺者ですよ？」

「お前を殺したところで、次の暗殺者が差し向けられるだけだよ。クロレルの陰険な性格はよく理解しているつもりだ。だから俺はお前を殺さない。それに……」

「まだ、なにか理由があるのですか？」

「一番大事なことだ。ここ寝室なんだ。お前を殺して血が飛んだりしてみろ。俺の寝覚めが悪くなるだろ。悪夢を見るのはごめんなんだよ」

「頭が切れるかと思ったら、なにを言うのでしょう、あなたは」

「応じるか応じないかだけ答えてくれればいい。まだ応じないというなら、死なない程度の拷問にかける。どっちの選択が賢いかくらい分かるだろ？」

って、そんな方法を知っているわけでもないからただのハッタリなのだけど。

俺は嘘を悟られまいと、強い視線でもって黒装束の男を正面から見つめる。

「……分かりました。応じましょう」

無事に、期待通りの回答を引き出すことに成功した。

とはいっても、黒装束の男が話した内容はほとんどが俺の推理と同じ内容であった。

やはり多額の報酬でクロレルから依頼を受けて、ここへ遣わされ、諜報《ちょうほう》と暗殺の両方を担っていたという。

「ということは私がここにいることも、もうクロレルの耳に入ってるの？」

「はい、セレーナ様のおっしゃる通りです。それも依頼の一つでした。クロレルの婚約者だったセレーナ様、それに屋敷のメイドだったメリリ様、二人がここにいることは報告済みです」

「そう。面倒なことになる予感がするわね」

セレーナが苦々しく言うのに、

「あたしも……」と、メリリは両の肩を抱える。

たしかに、あのクロレルのことだ。

婚約者であるセレーナはもちろん、俺の身体を使って勝手に関係を持とうとしたメリリのことも諦めてはいまい。

「……報酬額を三倍にするから、アルバ様を殺し、お二人を連れ帰るよう命を受けておりました。拙者が現時点で把握しているのはここまででございます」

事実として、そうだったようだ。

となると、クロレルは確実に今後も俺たちのことを狙ってくる。

対策を考えなければ、スローライフを堪能できる未来は到底やってきそうにもない。

人材不足、クロレルシティの惨状、暗殺計画――。

複合的な要素を鑑みて考えていると、俺の耳元でセレーナが囁く。

「一つ策があるかもしれないわ。聞く？」

俺は迷わず首を縦に振った。

彼女が優秀な人材だということは知っている。どんな提案であれ、自分一人だけで考えるよりはいいものが生まれるに違いない。

実際そうして聞いた彼女の策は、この面倒な状況を一気に覆せるような手段であった。

俺は再び、黒装束の男を見やる。

それとともに足を拘束していた土属性魔法を解除してやった。

「あ、アルバ様……。拙者に逃げてもよいと申すのですか」

「いいや、そういうわけじゃない。ここからは取引をしたいんだ。だから、対等な立場で話を聞いてほしいと思った。妙な真似をすれば、再び拘束する」

「取引ですか」

「あぁ。端的に言おう。お前、俺たちの仲間になってくれないか」

34話　優秀な仕事人に、どうか配下に加えていただきたいと懇願される

この男をこちら側に引き抜き、逆に俺たちの諜報員として動いてもらう。

それこそがセレーナの提案であった。

「俺たちはあんたが仲間になってくれれば、逆にクロレルシティの情報を手に入れることができる。あんたが暗殺任務遂行中だと偽の報告をしてくれれば、しばらくは他の暗殺者が送られてくることもない。これだけでも十分なメリットだけど、まだ他にもお願いしたいことはある」

「というと……？　クロレルの殺害ですか」

「まさか。そんな物騒なことは言わないさ」

というか死んでもらったら困る。あいつには最終的に更生してもらって、次期領主になってもらわなくてはならないのだし。

「簡単に言えば、人材の引き抜きだよ。クロレルシティから、うちの村に人を誘致したいんだ。だがあいにく俺たちは揃ってお尋ね者、気軽に街へ行けるような存在じゃない。そこで代わりに、その情報を市中に広めてきてほしいんだ」

これがうまくいけば、すべての問題が一挙に解決する。

人材不足はなくなり、街の人を救うこともできるうえ、俺たちは身の危険だって回避できる

のだ。

「意図は分かりましたが、しかし拙者でなくとも誰か別の者に依頼するほうがよいのではありませんか。仕事とはいえ、拙者はあなた方を殺そうとした人間。釈放するばかりか、仲間になど普通は……」

たしかに、それが一般的な考え方かもしれない。

暗殺に手を染めた者を仲間に引き入れることだって、避けるべきだろう。

だがそんな常識にとらわれて、みすみす逆転の一手を逃すのはもったいない。

「仕事だったんなら、もう済んだことだよ。それに、あんたの腕が立つことは見れば分かる。手を貸してくれ、そうしたらこれまでの罪も見逃してやる。悪い話じゃないだろ？　あんたはもう殺しをしなくてもよくなるんだ。したくて暗殺業をしているわけじゃないんだろ？」

「……なぜそれを」

「さっきあんたがそこに投げたお守りだよ。大事な人から貰ったんじゃないのか？　それに見たところ、あんたはかなりの手練れだ。だのに、毒殺しようとした。直接血を見たくなかったのかも、って思ったんだ」

黒装束の男は顔を俯けると、笑い漏らす。

もしかすると、大ハズレだったのかもしれない。これればかりは、根拠のないただの予想でしかないのだ。

「えっと、違ったか……？」

「いいや、そういうことではありませんよ。むしろ、その通りです。拙者は没落貴族の出自。そのため、このような仕事で家族の食い扶持を繋いでいた……」

「じゃあなんで笑ったんだよ」

「あなたの器が大きすぎるからですよ。これまで、何人も国の要人たちと顔を合わせてきたが、あなたほどの器の大きい人を見たことがない。そんなことまで見抜かれたら、あなたについていく以外の選択肢はなくなります」

　彼は、片膝をついてこちらに頭を下げる。ぽたぽたと床には涙の粒が落ちているから、よほど感極まっているらしい。

「……アルバ・ハーストン様。改めて、どうか拙者を配下に加えていただきたい」

　黒装束の男はそう絞り出すかのように言うと、顔を上げて、自ら顔を覆っていた布を取り払う。

　うっすらと顎ひげを蓄えたその素顔は、ごくごく普通だった。顔中傷だらけ、なんてこともない。なんなら、かき上げた茶色の髪の下、ほんのり垂れた目などは、微笑んでいたこともあり優しげにすら映る。

　年齢は三十頃だろうか。なんて俺が考えていたら、彼は腰ポケットから紙とペンを取り出し、さっき床に捨てたナイフを拾うと、指先を切る。それで紙に拇印を押したのち、血でもって名を書き記す。

「拙者、名をコレバス・コレッツリと申します。一度は死んでいた身。この身を賭して、忠義をお尽くしいたします」

「やめてくれよ。忠義とか、身を賭すとか、面倒だから。やることをやってくれればそれでいい。クロレルのところみたいにブラック労働させるのは嫌いなんだ」

「……そうでありますか。では。おおせの通りに」

「うん、よろしく頼むよコレバス。じゃあさっそく一つ目の任務だけど、さっきの作戦実行に移してくれるか？　まずはクロレルシティに戻って、任務が難航していることを伝えるとともに状況を教えてくれ」

「かしこまりました……！　必ずやご期待に添えてみせましょう」

そう言い残すと、コレバスは荷物をまとめて、さっそく家の外へと去っていこうとする。

「少し休んでいってもいいと思うんだけど？」

「どうしても、すぐに動きたいんです。あなたのためになるのならば休んではいられません」

窓の外へと飛び出していってからは、かなりの速さだった。

風属性の魔法を使えることもあるのだろう。あの分なら、クロレルシティまでもそうはかかるまい。

まだ夜も深い時間帯だ。

平穏が帰ってきた部屋には、しんと静かな空気が流れる。

無事に危機は回避できたのだ。とりあえず今日はめちゃくちゃ寝よう、うん。果報を寝て待とう。

そう考えていた俺に、セレーナが思い出したようにメリリへと尋ねる。

「そういえば、どうしてメリリがこの家にいたのかしら。それも、アルバのベッドの上に」

「……えっと、そ、それは……！　あたしは、その……アルバ様と今夜こそ愛の契りを交わそうと……！」

「今夜？　過去にもあったの？　どういうことか詳しく聞かせてもらえる？」

これぞ一難去ってまた一難だ。

セレーナの誤解をとくのにしばらくかかったため、結局眠りにつくことができたのは明け方頃になってからのことであった。

35話　誘致成功！

クロレルの手先であったコレバスを味方へと引き入れて数日――。

その効果はさっそく現れていた。

クロレルシティ在住者だという数人が、さっそくトルビス村にやってきたのだ。

聞けば、住人を募集しているという噂を聞いて、移住できる環境かどうか下見に来たらしい。

聞いた限り、色々な職種の方が混じっていた。一応、荷物検査だけさせてもらってから村の中へと招き入れる。

「……噂に聞いていた話では、もっとゴミで溢れて寂れた場所だということでしたが。思いのほか、活気があるのですね」

「そうでしょう？　捨てられているゴミもだんだんと整理を開始していますし、俺がこのトルビスの村を任されてからは、ゴミが捨てられることもなくなりましたから。どうです、家もかなり整備したんです。住むには十分そうでしょう？」

俺は彼らに対して、村の紹介を始めていく。

ちなみに、案内人は俺一人だ。さすがにセレーナは顔が知れすぎているし、メリリは……うん。いたとしても、案内の助けにはならない。

まず見てもらったのは、住環境だ。

移民を受け入れるに当たって必要だろうと、一般的な構造の家を建てて用意していた。

いいところばかりを見せても仕方がないので、村のある家々と同じ造りの簡素なものだ。

街に立ち並ぶ家ほど見た目に美しいものではないが、住空間には自信があった。

「……リビングに、寝室。それに仕事部屋や炊事場……。どれも、街で暮らしていた頃と大差ない……。それどころか必要な物は、なんでもあるのですね……」

「はい、そこは一通り取り揃えています。共用ですが、シャワーやトイレも完備していますよ」

「な、なんと。街も外に出ればそんな設備はまったくないものとばかり……！」

まずは、かなりの好感触。掴みは上々といえた。

となれば、畳みかけるほかない。

続いて俺が移住希望者を連れて向かったのは、例の工場だ。

といって、作業を見せるだけでは味気ない。俺は、部品を分解したものから作った魔導具の一部をそこに展示していた。

一人の男が手にしたのは、魔石からの力を利用することでゴミなどを吸引する掃除用品だ。

「見た目は、あまりよくないな……」

まぁね？　もともとは部品の寄せ集めにすぎない。

しかし、起動させるや否やその反応が変わった。少し近づけるだけで、埃《ほこり》などをあっという間に吸い取ってしまったのだ。

「すごい、これは商品化できるくらいの吸引力です。いや、既存製品以上の出来だ。これが代用品……。というか、捨てられたゴミからできたって本当ですか」

「えぇ、まぎれもない事実ですよ。一部の魔導具は、ここで組み立ても行っています」

「おぉ、それはいい！　ここに移ったら、外へ向けた商売をするのも面白いかもしれませんね」

他にもいくつかの魔導具を紹介して、工場をあとにする。

そのときにはもう、彼らの気持ちが移住に傾いていることは見えていた。

となれば、あと一押し……なのだけど、俺がそこで彼らを連れていったのはこの間、開墾したばかりの畑だ。

今はちょうど村人らにお願いをして、オクラやナスといった野菜の苗を植えているところであった。

「……ここは」

これには移住希望者らに、戸惑いの表情が浮かぶ。

想定済みのことだった。

都会で生きてきた彼らにとってみれば、泥くさい畑作業自体がそもそも見慣れない光景だろう。

だが、いいところばかり見せていざ移住してみたら思っていた生活と違った、というのではお互いによくない。

ならば、発展途上であるという現状をその目で見てもらおうと思ったのだ。

俺は努めて声を落として、語り始める。

「この村はまだまだこれから。発展の途上にあります。畑の面積は少なく、育てるノウハウも多くないうえ、周りには魔物の脅威もある。道の整備だって完璧ではないし、医療施設が整い切っているわけでもない……」

そこで、俺は一気にトーンを上げた。

「だからこそ、みなさんの力を貸してほしいんです。あの街にいて、虐げられて家にこもるくらいならば、俺たちと一緒にこの村を盛り立ててほしい。下民だとか良民だとか、そういうのは、ここでは通用しない。みな平等に力になってほしいんです」

脅しではなく、すべて嘘偽りのない本音だ。

これで移住をやめるというならば、それはそれだ。

興味本位で話だけ聞きに来たような人や、クロレルシティより快適に暮らせるからという目的だけで、ここへ来てもらっても困る。

この村に、それを受け入れるだけの余裕はない。

そもそも俺の負担を軽減するため、って言う個人的な目的もあるしね。

果たして、どう受け取られただろうか。俺は息を呑んで彼らの反応を窺う。

「……私はここに住むよ。もうあの街にいて、ただ怯える生活はしたくない」

「俺もそうする。なんだか情けなく思えてきたよ、これまでの自分が。良民だとか下民だとか、関係ねぇよな。この村の人は、こんなに頑張ってるんだ」

「あぁ分かるよ、その気持ち。わしも、この村の力になりたい……！」

そう言うと彼らの一部は自ら進んで、畑の中へと入っていく。

村人らと少し言葉を交わすと、おのずと作業を始めた。

俺がクロレルとして統治していたときの住人と同じだ。

彼らは、なにも変わっていない。

クロレルシティは崩壊へと向かい、街から活気が消えても、住人らの内側にはまだこれだけの情熱が残っている。

もともとあの街が発展した一番の原動力は、彼ら住民の力なのだ。

俺も、その中に加わり、作業に当たる。

その途中、植え方を聞こうとして、気づいた。横で作業をしていた村人の目には涙が浮かんでいるではないか。

「ちょ、大丈夫ですか」

俺が心配して声をかければ、彼は目元をぬぐう。

「アルバさん、俺ぁ、嬉しいんですよ。良民のなかにも、こんなふうに俺たち下民を差別しないどころか、一緒に混じって、作業をしてくれる人がいるなんて思わなかった」

「……たしかに、そうそういないかもしれませんね。いい人が来てくれました」

「それはあなたのことでさぁ、アルバさん」

「……えっと、俺ですか」

「あなたが来てくれなければ、こんな今は絶対にありえません。本当に、ありがとうございます」

　村人は涙を流しながらも、作業を続ける。

が、スコップを握る手が震えるくらい、感極まっているらしい。

その姿には、さすがに胸が熱くなった。

はじめこの村に来たときには、スローライフが遠のいたと絶望したものだけど、こういう人たちと一緒に理想のスローライフを送れる未来があるのなら、多少の遠回りも悪くない、と。

今は、そう思える。

そうして、日が暮れる頃まで作業をして、下見の会は終わる。

「ではお待ちしていますよ、みなさん。ご家族さまが暮らせる環境も整備する予定ですから安心して、お越しください」

　帰り際、来てくれた人たちに俺がこう呼びかければ、ほとんど全員が充実をした表情で移住を約束してくれた。これで間違いなく人手が増えてくれそうだった。

36話　クロレルのお家事情、筒抜けなんだが？

コレバスがもたらしてくれたのは、むろん人手の増加だけではない。

クロレル側も、まさか自分の差し向けた仕事人が逆に諜報に利用されているとは考えもしなかったようだ。

彼の置かれている状況が、次々と伝えられる。

今日もコレバスが俺の家へと報告に訪れていた。

わざわざ身に着けていた武器のすべてを外して、片膝をつく。たっぷり五秒以上、その姿勢で頭を下げるのだから律儀すぎる。

なんだかとんでもなく偉い人間になった気分にさせられた。根からお嬢様であるセレーナは気にしていないようだったが、俺には落ち着かない。

「お時間をいただき恐縮です。アルバ様、セレーナ様」

「……いや、固いって。そこまでしなくていいんだよ」

俺は柔和に笑って促すのだけど、彼はあくまで姿勢を変えない。

そのまま、状況報告を始める。

「まずは、街の状況についてです。クロレルの失政の数々に愛想を尽かした住民たちの一部が暴動に出ていましたが、ほぼ鎮静化されました。これまでは衛兵団を維持する金もなく対処に苦労していたようですが、どこからか人を集めてきたようですね」

「どこからか……。どうやって人を集めたかが問題だな。あの街に、それだけの人数を雇えるお金はないだろうし」

俺は疑問をそのまま口にする。

「さすがはアルバ様だ。お察しが早い……！」

それだけで、目を輝かせるのだからおかしい。

ちょっと過大評価されすぎてない？と思う俺をよそに彼は恍惚とした表情で話を続ける。

「どうやら、バックに妙な連中がついたようです。その連中がクロレルを動かしているとみて、ほぼ間違いありません。はじめに拙者が雇われたのも、その集団からの入れ知恵だったようです。調べてはみたのですが、とんと素性のしれない団体で……」

呆れたとしか言えない転がり落ち方だ。

優秀な人材を軒並み解雇した代わりが、わけの分からない集団で、その傀儡人形《かいらいにんぎょう》になるというのだから救いがない。

「それとアルバ様の暗殺計画についてですが、『準備を整えている段階だ』という虚偽の報告を続けていたところ、こたび正式に取りやめることになったようです」

「……やけに諦めが早いわね。執着心の強いクロレルらしくもない」

「セレーナ様もそう思われますか。どうやら状況が変わったようなのです」

その作戦内容についても、コレバスは教えてくれる。

それはまったく寝耳に水の話で、俺は椅子から崩れ落ちそうになった。

そうくるか、と思った。

クロレルのことは考慮に入れていたけれど、そちら側のことはすっかり頭から抜け落ちていた。

「親父が俺たち兄弟を近々、ハーストンシティに招集する……だって？　なんだってそんなことを」

「まぁ想像できたことね。過ちを犯したとはいえ、それ以降は安定的に村を統治していて悪い噂も立たなくなったアルバ。一方で、支離滅裂な政治で街の秩序を壊したクロレル……。どちらを次の領主にしたいかと考えたら……」

セレーナがそこで言い淀んだことで、俺の背中にはぞっと寒気が走る。

その先は、もう聞きたくなかった。

てっきり完全にそのコースからは外れたと思ってまったく考えていなかっただけに、今突き付けられたら受け入れられる気がしない。

が、そこはセレーナだ。はっきりと言い切る。

「あなたを次期領主にする方向で考え直すのかも」

……あぁ、神よ。見放したもうたか。

いや、そもそもろくに信じちゃいないが。

さすがにこれは呪われている気さえしてきた……って、すでに入れ替わりのときに呪われているんだったわ、俺。

魂の抜けた俺が空笑いを続けていると、隣からセレーナが頭をよしよしと撫でてくれる。それでも、簡単には立ち直れない。

「奴らは、その場で逆転するシナリオを考えているのでしょう。そこから先は極秘情報として厳重に扱われ、触れることができませんでした」

「……あぁ、そう。色々ありがとうね」

「いえ、お褒めにあずかるほどのことではありません。拙者の任務ゆえ。それにしても、ハーストン辺境伯は見る目があられますね。拙者の目から見ても、どちらがその器にふさわしいかは明白！」

俺が評価されていることを嬉しそうに語るコレバス。

そんな彼に対して、俺はもはや生気の抜けた返事しかできなくなる。

「ご苦労様だったわね。次は、ハーストンシティの状況調査をしてもらえる？　もちろん休んでからでいいわ」

「かしこまりました」

セレーナが代わりに次の指令を出すことで、コレバスはさっそく動き出す。

一方の俺はといえば、まだ項垂れていた。

活力のすべてをもっていかれた気分だ。

「もうアルバったら。私だって、あなたのほうがよっぽどクロレルより次期領主にふさわしいと思っているわよ」

「それ、慰めにならないからな？」

「そのつもりはないわ。ただ感想を述べただけだもの。私は、あなたの目標を応援してるわ。でも同時にあなたが評価されるのも嬉しいの」

彼女はなおもいつくしむように俺の頭を撫で続ける。

その言葉と温もりのおかげで、一応は正気を取り戻すことができたのであった。

5章　実家に招集されて直接対決する件

37話　実家に招集される。仕組まれたクロレルとの直接対決？

迎えの馬車に乗り込んですぐ、俺は窓の外に目をやった。

ちょうど、この村を初めて訪れたときと同じような角度から見る景色だ。俺は改めて、村全体を見わたす。

こうしてみれば、来た頃とはもう随分違う光景がそこには広がっていた。

最初はゴミ山がいくつもあったり、村人が魔物に襲われていたり、と最悪の状況だったが、今は変わった。

ゴミ山はもうなくなっているうえ、村人たちも平和に暮らしている。それだけではなく、なにもなかった村には今や、トイレもシャワーもある。

最近では、狭かった畑も二倍の面積になった。どんどん暑くなる季節だ。世話をする人手が増えたことも功を奏したのか、小麦や野菜類は立派に生育し始めている。

みんなで努力してきた甲斐《かい》があったなぁ、だいぶ理想のスローライフも見えてきたなぁ、なんて。

俺は無理に感慨に浸ろうとしてみるが、

「アルバさん、行ってらっしゃいませ！　どうぞご無事で」

「村は俺たちが守りますからね」

村人たちからかけられた声が、俺を現実へと引き戻した。とりあえず、苦笑いを返すほかない。

コレバスから親父が俺たち兄弟をハーストンシティに招集するという情報を聞いてから、約二週間。

その招集は、本当に実行された。

馬車が出発したのち、俺は改めて、懐に入れていた親父からの手紙を読み返す。

「『アルバ・ハーストン、月末にハーストンシティに来たるべし。今一度、次期ハーストン家当主に兄弟どちらがふさわしいか、総合的な判断を行うための場を設ける』……って、はぁ。これまじ？　トルビスを逃げ出すなとか、もう来るなとか言ってたのに？」

「何回読み直しても内容は変わらないわよ。もう出発しているんだから」

横からセレーナに入れられた冷静な指摘は、至極もっともだ。

そんなことは分かったうえで、もしかしたら解釈間違いだったりしないかなぁ……と期待して読み返してしまっただけのことである。

「というか、セレーナは動じないんだな。呼び出されたのは、セレーナも一緒だろ？　婚約者であるクロレルの元を離れて、俺のところにいたことが情報として父に漏れてるんだ」

「えぇそうでしょうね」

「それを考えたら、裏切りだとか婚約違反だとか、難癖つけられる可能性もあるだろ」

「そうね。でも、大丈夫よ」

「……また根拠のない勘か？」

「今回は違うわ。そうなったときは、潔く婚約破棄されるまでよ。お金を求められたら払う。別に立場なんて私いらないもの。そのときは拾ってくれる？」

つ、強い……！　俺なんかよりよっぽど肝が据わっている。

はっきりと言い切れるセレーナには、感嘆せざるをえない。

投げかけられた憂いを帯びた視線にどきりとしつつも、俺はこくりと頷く。

「ありがと、アルバ。好きよ、そういうところ」

「……なっ」

なんてやっていると、そこへ手が割り入ってきた。

「はいはいそこまでですよ！　なに二人きりみたいな雰囲気出してるんですか！　メリリもいますよ。それと、あたしはアルバ様のダメなところも全部受け入れられますよ！」

「あら。じゃあ、私も含めて受け入れることね。アルバの一部のようなものよ」

「な、なにを〜〜⁉　それを言うなら、十の頃からずっとアルバ様とともにあるあたしのほうがよっぽど……！　というか、もはや一心同体、アルバ様が心臓で、あたしが身体みたいな、そんな感じです」

馬車の内部が一挙に騒がしくなる。

こうしていると、何気ない日常にいるのと変わらない。

だがその一歩ごとに、運命の裁きが待つハーストンシティへと近づいているのだ。

俺は、懐に忍ばせていたもう一枚の便箋に手をやった。

そこに書かれているのは、コレバスからの追加報告である。

彼によると、どうやらクロレルはハーストンシティにて俺に決闘を挑む算段らしい。

普通に公開決議だけで決めるなら、失政を繰り返したクロレルのほうが不利になる。

だからクロレルは、俺との決闘の場を有観客で設けることで、その結果をあたかも次期領主争いの結果かのように見せて、親父の判断を変えんと画策しているのだろう。

厄介な連中がバックについたものだ。こんな作戦は、クロレル一人じゃまず考えつかないだろう。

だが、これは俺にとっても好機とも考えられた。

この決闘でクロレルに花を持たせて勝たせてやれば、俺が次期領主の座につかされることもない……！

俺の目標は、あくまで悠々自適なスローライフただ一つだ。

そのためにもクロレルには、領主としての教育プログラムでも受けてぜひ更生を果たしていただきたい。

「なぁ。どうやったら自然と負けられるかな」

「ふふ、相変わらずそんなことばっかり考えてるのね、あなたときたら」

「次期領主になる気満々のほうが格好よく見えるか？」

「いえ。なにか変なものでも食べたのかと疑うわ」

「そうですね。アルバ様、昔からなにか考えてると思ったらサボりのことばっかりでしたし」

馬車は進む。

どんな未来へ向かってかは、今のところ分からないが、きっとうまくいく。なるようになるはずだ。

彼女たちが隣にいてくれるなら。

38話　呪いのナイフ

ハーストン領は、国土の西方において南北に跨《また》がる広大な土地を有している。

その大きさは、ドナート王国内でも上から数えて五本の指に入るほど。

しかもその大半を山林が占めており、かなりの起伏があるのだから厄介だ。

俺が開拓を任されたトルビス村から、領内の中心都市・ハーストンシティまでは馬車で三日半近くは要する。

もっともブリリオに乗れば所要時間はぐっと短くなるが……迎えの馬車が来た以上はしょうがない。

途中俺たちは、中腹にあった街で宿を借りて一泊する。

そして翌日の昼下がり、俺たちはとある目的でアイテムショップを訪れていた。

冒険者用の武器や防具を主に扱うお店である。

「かなり品揃えがいいな。目移りしそうなくらいだ」

「そんな時間はないけれどね。あなたがよく寝ていたから。なにかを買うなら、早めにしたほうがいいわよ」

セレーナは陳列棚に置かれていた小刀を手にしながら、じとっとした視線をこちらへと流す。

……美しい顔立ちをしているばかりに、武器を手にしてそう言われると少し怖い。

だが彼女の言う通り、許された時間はそう多くなかった。

宿に追い出されるぎりぎりまで惰眠をむさぼり、朝食を食べ損ねるくらいには俺は爆睡を決めていた。そのため今、メリリが朝食の買い出しに向かってくれている。

ここまでの旅程では、少し余裕を持たせていたのだが……。

今日一日で掻き消えたね、うん。

「分かってるから、それ置いてくれって。どうせ、そこまで悩むことでもないよ」

そのわけは、俺がここを訪れた理由にある。

俺は相変わらず、どうやったらクロレルの奴にうまい具合に負けられるかを考えていた。

そこで思いついたのが、武器をなまくらレベルのナイフへと変えることである。

つまり、もっとも安いナイフを一本だけ持って、その決闘とやらに臨めばいいのだ。

最安値のナイフは、店の端にあった『処分間近』と書かれた箱の中に、刀や弓にまじって一本だけ突っ込まれていた。

俺はそれを奥底から掘り起こす。目に留まったのは、『曰くつき。抜けません』という謎の説明書きだ。

「……なんで抜けないナイフが売ってるんだ?」

俺が疑問に思いながらそれをまじまじと見る。

たしかに、こうして持つだけでも異様な感覚があった。なにか魔力が吸われていっているような……。

不思議に思いながらも、俺はとりあえずそれを抜こうと試みる。

あんな注意書きが書いてあったら、抜きたくなるじゃん？　普通に。

「あっさり抜けたな」

意外や意外。なんのつっかかりもなく抜けてしまった。

握り心地は悪くないが、刃の一部は錆《さ》びている。

同時に拍子抜けしていた俺に、脇からセレーナが首を覗かせる。

「呪われたナイフね、それ。しかもかなり強い呪いがかかってる。常人なら触れただけで怪我をするくらい濃いわ。魔力と言うより、魔物の類の持つ瘴気に近いものを感じるわ」

「……え。それはえっと、勘？」

「鑑定の結果よ」

「ってことはまじもんかよ。いや、でも俺全然なんともないけど？」

「それは、そうね。でもあなた、常人じゃないわよ？　少なくとも、その辺の冒険者や魔術師よりはよっぽど強い。次元が違う域にいるもの。試しに私が触れてみようかしら」

そう言うなりセレーナは、こちらに手を伸ばそうとするから俺はとっさにそのナイフを鞘《さや》の中へとしまう。

危険をかえりみずに好奇心で動くところもあるから、彼女は危うい。

俺はそのナイフを見つめ、しばらく悩む。

「お二方、そろそろ出発の時間になります。もう、お連れのメリリ様は戻られていますよ」

ちょうどそのとき、外から声がかかった。

さてはて、どうしたものか。

今俺の手にあるのは、抜けないと書かれていたのに、抜けてしまったナイフ。そしてこの店にある他のナイフは、これのどれよりも高い。

そして吟味する時間はない。

「よし、もう仕方ない。これにしよう。呪いっていったって、別に使えそうだしな。わざと負けるんだ。ちょっと錆びてたり、魔力を吸われてたりするくらいがちょうどいいだろ、うん」

俺はそれを店のカウンターへと持っていく。

老人店主が、「まだこいつがうちにあったのか……」「てっきりもっと奥底にしまわれていたものだと」などと意味深に呟くから俺は一応尋ねてみる。

「これ、本当に抜けないんですか。さっき抜いちゃったんですけど」

「ぬ、抜いた!?」

「えぇ、まぁ」

「とんでもない逸材らしいな、あなたは。何者だ？　それは先々代の店主が店をやっていた頃からこの店に置かれていた代物――」

とかなんとか。

気にはなれど、今の俺にはその長いうんちくを聞いている時間はなかった。

本当にそんなやばいものなら、あんな処分品コーナーには置かれていないだろうしね。

俺は小銭で決済を済ませて、ナイフを引っ掴むと、あわただしくセレーナとともに店を後にする。

「お客さん、そいつは魔力を食う代わりにかなりの威力を発揮するよ。なんせ、そいつは国崩しをしたとも謂《いわ》れる武器の一つ。それを使っていた、革命児・カーロの怨霊が……」

とかなんとか言っていたけれど、誰それ。知らない人だ。

「カーロってたしか、天下取り目前までいったっていう覇王よ。あるときから人格が変わったみたいに狂暴になって、兄弟殺しをやってまで家督を継いだとか」

突然人格が変わった――。うん、なんとなくどこかで聞いたことがあるような話だね、それ。

ということはまさかクロレルとの入れ替わりも、そのカーロなる怨霊の呪いのせい？

もしかして、今俺がこのナイフを買ったのもそいつに引き寄せられたから……？

一旦そこまで考えて、俺は自分の考えを鼻で笑う。

「覇王？　このうえなくうさんくさいな。話が大きすぎる」

そんなこと、ありえるわけがない。

というか、今はそんなたわごとを考えていられる状況じゃないのだ。

こうして、とにもかくにも新たな武器を格安で手に入れた俺は、再びハーストンシティを目指すのであった。

39話　ハーストンシティの門をくぐる

数か月ぶりに、ハーストンシティの門をくぐる。

そもそも、もう訪れることなどないと思っていた場所だ。

ここでセレーナがここで俺を待ち受けていたことから今の日々が始まったと思えば、少しばかり感慨深い。

そういう意味でいえばここは、人生の分岐点となった場所ともいえる。

門番による身分確認を受けながら、俺は大きすぎる門を見上げた。

「ここには二度と足を踏み入れられないと思っていたわ」

「踏み入れたくもなかったけどな」

「同感よ。今さらだけどね」

セレーナとそうこう話しているうち、確認が済んで門が開かれる。

昼下がりだ。

次第に見えてくる賑やかしい大通りの光景を見ながら、いよいよだと俺は意気込む。

まだ俺は、セレーナとともに歩き始め、メリリも加わってくれたこの新しい道を終わらせたくはない。

必ずトルビス村に帰り、ブリリオやフスカ、村人たちの元へと帰る――。そして理想のスローライフを再び目指すのだ。

そう考えて俺は拳を握った。

「絶対、次期領主の座。どうにかして回避してやる……！」

「まぁ、アルバ様！　いつにも増して格好いいですよ！　メリリ、きゅんとしました！」

「……そうかしら。なんかとんでもなく後ろ向きな覚悟な気がするのだけれど？」

意気込み新たに、俺たちは街の中へと入る。

目指すのは、公開決議の行われる中央公会堂だ。

文字通り街の中心にあるその施設は、こうした公に実施される行事ごとの際に利用される施設で、趣向を凝らした緋色《ひいろ》の門の奥には闘技場や集会所などがある。

ただし馬車に乗ったまま、窓も締め切りだ。

なぜならクロレルが俺と入れ替わってあらゆる罪を犯したのは、この街でのことである。

その噂は今やハーストン領内の都市全域に知れ渡っている。

実際に蛮行を働いた街で顔など見せようものなら、石礫《せきれき》をあびせられるかもしれない。

そのためひっそり息をひそめていたら、街ゆく人々の会話がいやおうなしに耳に入ってくる。

「おいおい、今日の決闘どっちに賭けるよ？」

「そりゃあ、アルバ様は魔法も使えないいんだろ？　普通に考えればクロレル様だろ」

「だよな。まぁでも、どっちが次期領主になろうと、お先真っ暗って感じだけど」

うん、まあこの反応も無理はない。

俺だって選ぶ側の立場になれば、同じことを考える。

俺はまったくどうとも思っていなかったのだが、収まりのつかない人もいた。ごくごく身近なところに。

「なにを～！　クロレルはともかくアルバ様なら――むぐっ」

「メリリ、静かになさい」

セレーナがメリリの口を手でふさぎ、その両手を取り押さえる。

そんなやり取りをしていたら、突如として馬車が止まった。

嫌な予感が背中を走る。もしかすると漏れ出すメリリの声で感づかれて、誰かが俺に攻撃を仕掛けに来たんじゃや……

そんなふうに考えたのだが、違った。

律儀に扉がノックされるから、着ていた羽織を頭に被り顔だけ覗かせる。

そこにいたのは、見慣れた顔だ。

びくっと、メリリも身体を跳ねさせる。

「……セバス」

「アルバ様、それにセレーナ様。そして、メリリも。お久しゅうございますな」

親父に長年ついている執事のセバスだ。

厳格なことで有名で、真逆といっていい性格である俺にとっては結構厄介な存在だ。

「お迎えに上がりました。主人から話があるようです。公会堂より先に、お屋敷のほうへ来てくださいますかな」

「……それ、絶対ってこと?」

「随分と察しがよくなられましたな。その通りでございます」

うわぁ、もう面倒くさい。

この状況で、久しぶりだね、なんて挨拶だけに終わることは考えにくい。というか、ありえない。

親父がよからぬことを考えているとみて間違いない。

「気持ちが顔に出すぎよ、アルバ」

「……そんなつもりはなかったんだけどな」

うん、でも唇がぴくぴく引きつるくらいは許してほしい。

「ここはおとなしく従うしかないわ。どうせ、義父上とは後で顔を合わせることになる。それに、私は先に話をできるのは悪いことではないと思うわ」

それくらいは俺だって分かっている。

ここへ来た以上、色々と厄介な話になることは、どうせ避けられない。

俺は彼女としばし目を合わせた末に、セバスに案内をするよう指示する。

と、彼はひげに手をやり柔和に笑う。

「ほほ、これはこれは。お二人はよほど親密なようだ。かしこまりました。お連れいたします」

40話　もう、ぞっこんです！

「どういう風の吹き回しだよ、親父」

「まぁまぁ。まずは、落ち着いて紅茶でも飲むといい、アルバ。セレーナ嬢も」

屋敷へと連れていかれた俺たちが通されたのは、思いがけず接待用の一室だった。

そこには、席がぴったり三つ用意してあり、テーブルを挟んで俺とセレーナは親父に向かい合う。

ちなみにメリリはといえば、セバスに別室へと連れていかれた。

たぶん今頃は、突然やめたことへの事情聴取をされて、こってり絞られているのだろう。

だから俺たちにも、拷問じみた聴取がされると踏んでいたのだが、どういうわけか歓待を受けていた。

「さぁ。接待用の紅茶は、産地にも時期にもこだわった一品だ。茶葉が開いたときの香りといい、一口含んだときの香ばしさといい、他でめったに飲めるものでもない。この機会に、味わってくれたまえ」

親父は綺麗にひげの剃《そ》られた顎を触って、にこにこと笑う。

俺を追放したときはさすがに厳しい面をしていたが、普段は温厚な性格で知られる父だ。だがそれを考慮に入れても、怪しさはぬぐえない。

なにか裏がある。

そう伝えるため俺がセレーナへと目をやると、彼女はこくり首を縦に振った。

……本当に伝わったかは知らないが。

とりあえずは勧められた通りに紅茶をいただく。そうしないと、話が前に進まないからだ。

その感想を述べあって、少しだけ空気がほぐれたあと。

「いやぁ今回は突然呼び出して悪かった」

親父はこう切り出してきた。

身構える俺を見て、父はくすくす笑う。ひとしきり笑い終えてなお、口角が吊り上がっているのだから間違いなく作った笑顔だ。

「はは、なにも咎めやしないさ。長子・クロレルの婚約者であるところのセレーナ嬢が、どういうわけかアルバの元にいることは、そりゃあ気になるが」

まずはセレーナのほうへ、上目で質問が投げかけられる。

「それについては、いずれご説明をするつもりでした」

が、さすがはセレーナだ。

一切の動揺も淀みもなく静かにはっきりと言い切り、片耳に髪を掻き上げると事情の説明をはじめる。

クロレルの行動に対する辛辣な批評も交えつつ、端的に事情を伝えた。

「……とまぁそういうわけで、クロレルの悪行には愛想が尽きました。そこで、アルバの元へ転がり込むこととしたのです」

「ふむ、クロレルの元から去ることを決断した理由についてはよく分かった。で、なぜアルバの元へ？」

本来の理由は、彼女の「勘」だ。

俺に会いたいと思ったから来た、と彼女には聞かされている。

とはいえ、今度の相手は婚約者の父親だ。

そんなあいまいな答えをして許されるとも思えない。だが、俺にはどうしてやることもできないから、落ち着かないまま彼女が口を開くのを待つ。

「昔からアルバのことをお慕いしていたからです」

それは、斜め上からの回答だった。

実際には俺とセレーナが出会ったのは、クロレルとの婚約を祝して開かれた祝賀会でのこと。

昔、というほどの話ではない。

だが俺と彼女は同い年だ。

貴族学校に通っていた頃に知り合っていたという設定は、ありうる話だし、父もそこまで把握はしていない。この状況でそこまで機転が利くあたり、さすがだ。

父はその切り返しに目を丸くすると、やがて噴き出すように笑った。

「はは、そうきたか。我が息子は案外にもてるらしい。あのクロレルをさしおいて心を掴んでいるとは」

いや……親父、余計なこと言うなよ。

「えぇ、もうぞっこんです」

セレーナも、それ真顔でいうことじゃないからね？

呆れる俺をよそに、彼女は続ける。

「それに、私はクロレルの婚約者としてこのハーストン領にやってきましたが、それは政略結婚。同じくハーストン家の出身であるアルバの元にいたならば、問題なく成立しますでしょう？」

その主張は、強引そのものだった。

普通の人間が口にしていたら、体のいい言い訳にしか聞こえまい。

だが、そこは『高潔な薔薇』なんて評される彼女だ。

芯の通った声ではきはきと言われると、なんとなく筋が通っている気もしてくる。

といって、親父は俺とは違い、嘘と真実の入り混じる貴族社会で何年も生き抜いてきた人間だ。

こんな暴論は間違いなく追及される――。

「たしかに一理ある。まぁ我が家としても、大事にはしたくない話さ。二人がそれでいいなら、構わない。むしろ都合がいいまであるくらいだ」

……結果は違った。

親父はまたしてもさきほどと同じような、怖いくらい優しげに繕われた笑顔を見せて、その主張を呑んでしまう。

こうなってくると、いよいよ怪しい。

生まれてこの方、この親父の息子をやってきたのだ。

もう彼の真意は、だいたい掴めている。親父は自分の要求を通すためなら、己の振る舞いを変えられる。

こうやってやたらと物分かりがいいときは、言いにくい話をする前触れなのだ。

「で、親父。なんの話をするために呼んだんだ？　事情を聴くためだけじゃないだろ？」

遠回りなのがわずらわしくなって、単刀直入に聞いてしまう。

親父は一瞬とぼけたように目をまたたくが、顎に手をやり、うんうんと頷いた。

「やっぱり、アルバは察しがいいな」

「もういいよ、おだててくれなくても」

「そう急かすな。悪い話をするためにきてもらったわけじゃない。もうこうなったら端的に言うが、クロレルが失政を繰り返して街の秩序を乱したことは耳に入っているだろう？　私の元

にもことが大きくなってからその情報がもたらされた。あいつは失政を報告せず隠蔽《いんぺい》していたんだ」

やっぱりそれか、と思った。

前にセレーナが話していた通り、これは最悪のシナリオへと向かっている。

「そこでだ、アルバ。お前のほうはうまくやっているか心配になり、実はトルビス村の様子をこっそりと視察にいかせた」

「……もしかして、移住希望者の中に紛れ込ませてたな？」

「ほう、そこも見抜くか。面白い施策をするものだと思って、物は試しと派遣してみたのだ。そうしたら、これが大絶賛だ」

考えてみれば、迂闊だった。が、あのときも俺が意識していたのはクロレルだけであった。

「トルビス村はただ綺麗になるだけではなく、生活水準も文化レベルも大幅に引き上げられた。しかもアルバは希望者たちの心を一度に掴むほどのカリスマ性も見せたという。これは、アルバとクロレルへの扱いを再考する大きなきっかけとなった」

俺はその先を聞きたくなくて、欲しくもなかった茶菓子を口に入れて、もさもさと齧《かじ》った。

しかし、その宣告は待ってくれなかった。

「簡単な話、次期領主候補にはアルバを推す方向で進めたい。分かるな？」

決定的な一言が飛び出して俺は盛大にむせかえる。

もっとも恐れていたことを、ついぞ言われてしまった。

親父は物腰柔らかなふうだが、一度決めたら梃子《てこ》でも動かぬ頑固さも持ち合わせている。

ただ断っても、受け入れてくれるわけもない。

俺はとりあえず反論を試みる。

「けど、それじゃあクロレルが納得しないよ。それに、さっき民衆の声も聞いたけど、みんなが今日の模擬決闘で決まると思い込んでいるようだし」

「……あぁ、その件か。あれはクロレルの奴が勝手に画策したものだ。本来なら効果はないし、中止にしたいところだけれど、それはもう無理な話だ」

俺もセレーナも、それには首を縦に振る。

さっきの街の雰囲気を見れば、いくら親父の一存だからと言って、納得してくれるかは怪しい。

「それにこの街の人は、ここで犯罪を繰り返した俺をかなり嫌ってるうえ、クロレルの悪政による被害を直接受けたわけじゃない。この街の人が、俺を次期領主に……なんて話、ただで受け入れてくれるとは思えないな」

俺は一気に攻めへと転じようとしたのだが……、親父はここで一つ咳払いを入れる。

「ふむ、それについてだが……。今日の模擬決闘に、なんとかして勝ってほしいのだ。そうすれば、アルバ。お前を嫌う民は当然まだまだ多かろうが、次期領主の座につく理由にはなる」

「いや、クロレルの能力はかなり戦闘向きで強いですよ？」

「はは、魔法を使えないお前には荷が重いか。だが、どうにかお前には勝ってもらわねばならぬ、アルバ。そこでだ。大量の攻撃用魔導具を用意した」

親父が指を鳴らすと、奥からは使用人らがいくつもの武器の乗ったキャスターをこちらへと運んできた。

中には実際、魔物退治に利用されているような代物まである。

「これらを使ってでも、どうにか勝つんだ。お前は昔から物の扱いには秀でたものがあった。できるね？　できない場合のことは考えていないよ。できた場合は君たちの仲も公的に認めるし、できる限りの計らいはしよう」

そして、これだ。潮目が完全に変わってしまっていた。

やはり親父は、一筋縄ではいかない。

セレーナのことを引き合いに出されれば、俺が「できない」とは言えないことを読んだうえで、そう持ちかけてくるのだからこれ以上の反論はできなかった。

41話　クロレルと因縁の再会？

「別にいいわよ。私のことは」

と。

セレーナが言ったのは、応接室をあとにして、二人きりとなってすぐのことであった。

「は、なんのこと？」

「なんのことって顔に出てるわよ。悩んでるでしょ、本気で戦うかどうか。それも、私との関係を公的に認めてくれるって話のせいで」

……一応しらばっくれてみたのだが、やはりセレーナにこの手は通じないらしい。

いきなり本題に切り込まれる。

「たった数か月かもしれないけど、私はあなたをそばで見てきた。それくらい、声に出さなくたって分かるもの」

考えてみれば、そうだ。

彼女は単に洞察力が高いだけでなく、俺のことをよく知っている。色んな顔を見てきた彼女には、最初から丸分かりだったのかもしれない。

こうして見抜かれてしまった以上は、続けても猿芝居にしかならない。

ならば、さっきの発言の真意を尋ねるほうがよっぽどいいだろう。

「……それで？　気にしなくていいっていうのは、どういうこと？」

「そのままよ。私のことは気にしなくていい。義父上がどう言っても、たとえば私とあなたの関係を認めないと言っても関係ない。そもそも今だって、許可をとってあなたの元にいたわけじゃないわ。無視すればいいだけの話よ」

「そう言われてみれば、そうだけど、認めてもらったほうがやりやすいんじゃないの？　実家との関係もあるだろ」

「いいのよ、それも気にしないの。あなたの元に行った時点ですべて覚悟してたこと」

セレーナは決然とした顔でそう言ったあと、俺の前へと回り込み手をすくいあげて首を少し上げ俺の瞳をじっと捕える。

実に綺麗な顔をしていた。

こうして改まって正面から見れば、その雪のように白い肌や薄紫色の瞳、まるで高級な織物みたいな紫色の髪、どれも一級品に美しくて、目を奪われる。

思えば初めて会ったときから、彼女は大層綺麗だった。

そしてその完成された美しさは、一切損なわれずにここにある。

だが彼女が纏っていた儚《はかな》げな雰囲気は、今は少し違って感じられた。

今の彼女には、心の中をまっすぐに通る芯がある。

そんな気がした。

たぶんなにを言おうと、彼女は自分を曲げない。

「……分かった」

ならば、俺が無理に変えさせる話ではない。

彼女が望むように、俺がしたいように振る舞うべきだろう。

「よし、適当にうまい具合に負けてくる。親父にわざとと見抜かれないくらいほどよくな。やっぱり次期領主候補なんて勘弁だし」

「ふふ、そうでなくちゃあなたじゃないわ」

「だろ？　これが俺流ってやつだ。まぁあれだけ用意して負ければ、親父だって俺の評価をまた下げるだろ。クロレルが再評価されるようにうまく、立ち回るよ」

「ふふ、そうね。頑張って」

「負けるを頑張るって意味分からんけどな」

方向性が決まって、俺たちは他愛のない会話をしながら、屋敷の廊下を外を目指して歩く。

そこへ途中でメリリが合流したのだが……

「アルバ様……、あの人、怖い」

俺より先に、彼女のほうが戦いに負けてきたみたいな意気消沈具合になっていた。

どんよりとした負のオーラを全身に纏わせていて、まるで亡霊のようだ。

「そんなにこってりセバスにいかれたのか？」

「はい……。勝手に仕事を飛んだことを散々叱られました。クロレルのところから戻りたかったなら、先に辞表をちゃんと出せとかなんとか！」

メリリが涙でぬれて鼻水まで垂れた顔を俺の背中にこすりつけてくるから、俺はどうにかそれを逃れる。

まぁ一般的に考えれば、それはたしかに必要な手続きだ。

セバスが怒るのも、道理は分かる。

……が、そういう意味で言えば俺もセレーナも、形こそ違えど逃げてきた身だ。

「ある意味、似たもの同士ね。私たち全員」

セレーナがぼそりと呟いた言葉に、俺は苦笑する。

メリリは、一緒にしないでください！と言っていたが、結局は耐えきれなくなったのか、くすくすと笑っていた。

和気あいあいとした雰囲気のなか、俺たちは屋敷を出て再び馬車へと乗り込む。

そうして決戦の地、運命の分水嶺《ぶんすいれい》（ある意味）となる公会堂内にある闘技場へと向かったのだが……

その通路でもまた、待ち受けている人がいた。

そいつは取り巻きを後ろに控えさせて、尊大な態度で俺たちのほうへと近づいてくる。

「はは、逃げずに来たんだな。バカな弟を持ってラッキーだぜ」

その耳障りな声の主は、できることなら、もう二度と顔を見たくなかった男であり、俺たち三人それぞれに因縁のある人間。

クロレル・ハーストンだ。

42話　試合前の一悶着から、すでに圧倒？

相変わらず、むかつくくらい容姿だけは整っていた。

さらさらな銀髪も、鼻の高い顔も、たぶんなにも知らない女性が見れば、まず惹きつけられるだろう。

全身真っ黒で統一された戦闘用の衣装や防具、さらにはなんのためにそこまで長いのか理解に苦しむ黒マントまで。

普通の人が着れば痛々しく見えよう格好だが、それすらも様にはなっている。

……とはいえ、いかに外側が綺麗に取り繕われていようが、中身がズタボロに腐敗しているのだからそうしようもないのだけど。

唇を歪《ゆが》ませて笑みを浮かべた彼は、大股で俺たちの元へと歩み寄ると、その無駄に高い上背で俺を見下ろしてくる。

「よぉ。なんで来たんだ、アルバ。魔法も使えないお前が俺様とまともにやって、万が一に勝てるとでも？」

そう、クロレルも俺が魔法を使えることは知らない。

いや正確に言えば一度は俺の暗殺を企んでいた際に、コレバスから彼はその情報をもたらされている。

だが、一切信じることなく「見間違いだ、ありえねえ」と笑い飛ばしたらしい。

……なんというか。

俺に対する評価が低すぎて、というか、こいつがバカすぎて助かったというところか。

そんな俺の心中は彼に伝わるわけもなく。クロレルは、ぺっと俺のほうへ向けて唾を飛ばす。

「はは、父上はこんな自分の力量すら正確に測れないやつを次期領主にしようってのか？　笑えるなぁ、まったく。そもそも俺が評価されなかったのは、俺の政策の偉大さに誰も付いてこれなかったからだ。はじめから底辺にいるお前とは、ものが違うんだよ」

俺は、ただひたすらにそれらを聞き流していた。

そもそもこれは、会話ではない。一方的に悪口を垂れ流されているだけだ。

言い返したところで無駄な口論を生むだけで、なにか新しい結論が見つかるわけでもない。

ここで、こちらから八百長を申し入れてもクロレルはまず信じないだろう。

「セレーナ・アポロン、メリリ・メラート。てめえらも見る目がねぇなぁ、まったく。俺様のそばについていたら、今頃いい夢が見れただろうに。そんな奴のなにがいいのか、さっぱりだ」

セレーナも、それは理解してくれていたようだ。

ことクロレルのこととなると熱くなることも、これまでにはあったが……

今は状況が状況である。

横顔を見れば、苛烈な言葉を浴びせるクロレルとは対照的に、まるで凪《なぎ》だ。

だがそれが逆に、押し殺された怒りを如実に伝えてくる。

とはいえ堪えてはくれていたのだけど、

「……あんたなんかに」

ただ一人、感情制御の極端に苦手な人がうちにはいた。

感情が豊かすぎるのだ、メリリは。

収まりがつかなかったようで声を震わせ下を俯いていたかと思うと、

「あんたなんかに誰がついていくもんですかぁ！！　あたしはたとえどんなアルバ様でも一生を捧《ささ》げるって決めてるんですぅ！！」

これだ。

天井の低い通路の真ん中、その絶叫は何度も耳に響き、きーんという余韻とともにいつまでも耳の奥に残る。

あちゃぁ……、と。

頭を抱えたくなったのはその発言が、クロレルの怒りを買うことは分かり切っていたからだ。

「てめぇ……！！」

ほら、やっぱり。

こうなると、見境がないのがクロレルだ。握り拳を固めながら、メリリのほうを血走った目で見やる。

俺はとっさにメリリとの間に入って、鞘に納めたままのナイフを彼の首元に突き付けた。

「なっ、速いじゃねぇか……。まさか本当に魔法が使えるように……？」

クロレルは目を丸くしながらこう呟く。

半分合っていて、半分不正解だ。

たしかに魔法は使えるが、この程度の動きにいちいち魔力を使ってはいない。

「褒められてもまったく光栄じゃないな。引けよ、クロレル」

俺は強く目を見開き、そこに力を込める。

すると、どうだ。彼は一歩後ろへと下がり、また一歩と後退していく。

「く、くそが。言わせておけば、たかがアルバの分際で俺様に命令してんじゃねぇ！　ここで燃やし尽くしてやろうか⁉　あぁん⁉」

……なんというかまぁ。

腰を引けさせながら言われても、まったく怖くない。むしろ堪えていなければ笑ってしまいそうだ。

クロレルはいよいよ剣に手をかける。

「クロレル様、そのあたりで」

が、そこで背後から取り巻きの一人が歯止めをかけた。

その男と数秒、視線を交わす。実力のほどはともかくとして、クロレルよりはよっぽどできる人間らしい。

クロレルはそれにより、息の荒さはまだ残っていたものの一応は剣にかけていた手を下ろす。

「そうだな。お前らをぶちのめすのは、ステージの上まで取って置いてやるよ。せいぜい震えていろ、カス！　そんな魔導具ごときじゃ俺は倒せない。確実に叩き潰してやるよ、完膚なきまでにな！！！　はははは！！！」

……我を忘れると、本当に汚い言葉遣いだなぁこいつ。

そんなふうなことを考えながら、俺は、高々と笑い声を上げマントをひるがえして去っていくクロレルの後ろ姿を見送ったのであった。

43話　直接対決！

模擬決闘の開始時間が近づくにつれ、会場はかなりの盛り上がりを見せていた。

外の様子を見てきたメリリによれば、

「なんか大波って感じです。荒れた海で海獣たちが暴れ回ってるみたいな！」

とのこと。

表現自体はよく分からないが、ともかくスタンドは満員で、今か今かと対決の幕が切って落とされるのを待っているらしい。

模擬決闘は決して多くない娯楽のなかで、かなり刺激的なイベントの一つだ。

大多数はそれを楽しみにしているようで、その後に予定されている公開決議のほうはついでとでも思われているようだ。

となれば、やはりこの戦いの結果は次期領主の選考に大きく影響すると見て間違いなさそうだった。

「なぁセレーナ。あいつの魔法、鑑定したことがあるか？」

「あるわよ。特徴でいえば――」

なんて、セレーナから話を聞いているうち、開始時間がいよいよ目前にまで迫る。

が、俺はぎりぎりまで控室にとどまった。

クロレルとは違って俺は、わざわざ人目に晒されるのは好きではない。

注目されるのは大の苦手、基本的に陰の者なのだ。

しかし控室を訪れた運営委員に舞台へ上がるよう促されたら、これ以上は粘れなさそうだった。

「やりたいようにやってきて。私たちは上で見てるから」

「そうです、アルバ様！　今だけはセレーナ嬢に全面同意です！」

控室を出たところで、二人と別れる。

最後に貰った言葉は俺に勇気を与えてくれた。おかげで、心置きなく負けられるというものだ。

俺は意気揚々と（ある意味）、フィールドを目指す。

「……あ」

ちなみに親父から貰った魔導武器たちをすべて控室に置いてきたことに気づいたのは、闘技場内へと出てからのことであった。

そもそも勝つ気がなかったため、完全に失念していたのだ。

まぁ仕方ないね、うん。

そう自分を納得させながら俺が試合会場へ出ていくと、そこではすでにクロレルが一人待ち構えていた。

会場全体から大歓声を浴びて、黄色い声も彼へ向けて飛ばされる。その容姿を考えれば、当たり前のことと言えた。

それを受けたクロレルは腕組みをして仁王立ち、気にしていないように振る舞ってこそいるが……

うん、明らかに得意げな顔をしている。

唇がたまにぴくつくのが、その証拠と言えた。

「逃げずにきたじゃねえか。びびりの愚弟だと思っていたが、そこだけは評価してやるよ」

と、彼は剣をゆっくりと抜くと、それを振り回し始める。

ただの準備運動ならば、剣を抜く必要はない。

彼はたぶん観衆たちの歓心を買いたいのだ。実際、会場中がそのパフォーマンスに沸き立つ。

「で、お前はどうするつもりだ？　親父に魔導武器、借りてきたんだろ？　どこに忍ばせてやがる？」

「……忘れてきた」

「はんっ、しょうもない嘘をつくなよ。魔法を使えないお前だぞ？　それはつまり丸腰でくるようなもんだろ。それとも、そのオンボロナイフ一本で俺とやろうってか？」

「そのつもりだけど？」

「言ってくれるじゃねえかよ。どうせ隠してるんだ。とっとと出しとけよ、痛い目見るぜ？　それに、決闘を楽しみにしているみなさんだって残念がるだろうよ。赤子と歴戦の魔術師がやるようなもんだ。差が歴然すぎる勝負は逆に面白くない」

……まぁある意味、そうかもしれない。

いかにして手を抜くか。そこをしっかり考えていないと、この勝負でうまい具合に負けるのはかなり難しい。

たしかに兄は炎属性魔法を使えるし、ハーストン家固有の特殊魔法『威風堂々』を有している。

鑑定をしたセレーナによれば、兄はそれなりに強く、冒険者としてもやっていけるくらいのポテンシャルがあるという。

が、彼女はこうも言っていた。

「アルバが本気を出したら敵じゃない」

と。

ならば、その分手を抜けばいい。

大人が子供の目線になって一緒に遊んであげるみたいに。

実力を上に合わせることは難しくても、下に合わせることならできるはずだ。

「返す言葉もねぇようだなぁ、愚弟よ。ならいい。現実を分からせてやるよ」

「あぁ、うん。早く始めようか」

「はは。これから大怪我するってのに、その顔かよ。まぁいいさ。手加減はゼロだぜ？」

こっちは手加減マックスだけどね？

俺が心の中でそう答えていたところ、審判が俺たちを会場の中央へ集まるように促す。

俺たちはお互いの開始線につまさきを乗せて、武器に手をかけ合った。

「模擬決闘は、どちらかが戦闘不能になるまでとします。武器はなにを使っても問題ありません。私は外部機関のものです。公平な基準をもって審判をさせていただきます」

軽いルールの説明がなされてから、審判の腕がすっと上がる。

「はじめ！」

というかけ声とともに、戦いの火ぶたが切られた。

クロレルはさっそく、こちらへと踏み込んでくる。

「火よ、炎となりて我が手に盛りをもたらせ。『炎炎纏剣《えんえんてんけん》』……‼」

詠唱とともに剣に炎を纏わせると、その先から火の球を飛ばす。

うん、なかなかの速さだ。

だが、正直余裕で見切ることができた。

「逃げてばっかりかよ、愚弟が！　俺様の固有魔法『威風堂々』に怖気づいたか⁉」

いいえ、まったく？

本来ならば、相手を委縮させる効果がある固有魔法なのだが、実力の差のせいかそれをまったく感じない。

だがまあ、とりあえずは怯えたフリをするくらいがちょうどいい。過度なくらいに、「わっ」「うお」とか言いながら俺はクロレルの攻撃を躱す。

俺がまずは避けることに徹していたら、奴は炎の球を乱雑に飛ばし始める。

フィールドの外側には結界が張られているため、観客に影響はない。

俺はまず淡々とそれを避け続ける。

一見すると広範囲攻撃だが、見切ることができれば穴も多いのが、雑な攻撃だ。

安全地帯を探すのは難しくない。

無詠唱で風属性魔法を使い、ここぞと短い距離の縮地を繰り返す。

はじめこそ俺には非難の声が上がっていたが……

「アルバ様はいったいどうやって、あれを避けてるんだ？」

「たしか魔法が使えないんだよな。なのに、あの回避力はどうかしてるぞ⁉　実際、クロレル様のあの技は、かなり速いし、あんなに命中しないことがあるか？」

こういった決闘イベントの際、最前列で観戦するような玄人たちには、見抜かれ始めていたようで歓声が一部でどよめきに変わる。

まずいぞ、この流れ……。

このままじゃ俺が無駄に評価されてしまう。

とりあえずはここらで一度、刃を交えるくらいの展開を見せて、競り負けたほうが自然なのかもしれない。

一気に近づけば、俺が魔法を使えることがクロレルや玄人連中にばれてしまう。

俺はわざわざ遠回りに、小刻みに移動してクロレルの元へと接近した。

「きたか、雑魚め。俺の剣の餌食となりやがれ！」

飛ばしていた炎を剣へと集中させ、クロレルは俺へと振り下ろしてくる。

俺はナイフを抜いて、それに応じることとした。

あくまで魔力はそこまで通さずに、一割くらいの力で。そう心がけて、ナイフを握り込むと、どういうわけかいつもよりかなりの勢いで魔力が吸われる。

そういえば呪いのナイフとか言ってたっけ……。

ならば、その呪いを押し殺すまでだ。

俺は無理矢理ナイフに吸われる魔力を断つ。

そこで、いよいよ刃と刃が交差した。あとは俺がやられたフリをして後退すれば、クロレルの勝ちが決まる……

「う、うぁあぁあああ！！！！」

と思っていたのに。

待っていたのはまさかの結果だった。

どういうわけか、クロレルがまっすぐ後方へと吹き飛んでいたのだ。

その衝撃は恐ろしいくらいのもので、次の瞬間には彼は結界を突き破って、観戦スタンドのフェンスにまで到達する。

衝撃波が起きて目を瞑ってしまったが、次に目を開いたときには、クロレルはそこで傷だらけになって倒れていた。

44話　クロレル軍団の策

よもやの展開だったのだろう。

会場がしーんと静まり返る中、俺は一人、やっちまったと頭を抱える。

手加減はしたはずだ。たしかにこのナイフにはいつもより魔力を吸われた気がしたが、そんなものは軽度の話だ。しっかりと抑え込めていた。

が、結果はこれだ。

自慢の黒マントは千切れて悲惨なことになっているし、剣は粉々に折れて地面に散らばっている。

結果は見るまでもなく、一目瞭然であった。

なんともあっさりと、俺は勝ってしまったのだ。

静寂がやがてどよめきに変わる。会場内が騒然とし出したところで、審判が俺の勝利を宣言した。

これにより会場は盛り上がり、ブーイング、半々といった状況へと変わる。

「すごいぜ。強すぎるだろ、アルバ様！　ありゃ本物の強さだぞ！」

なんて声もあれば、

「あんな犯罪者が次期領主⁉　あんな奴が、あの麗しいクロレル様をさしおいて⁉　しかも倒した⁉」

　こんなふうに嘆く声も聞かれる。

　俺はそんなスタンドの中から、セレーナの姿を見つける。セレーナは両手を広げて、首を横に振っていた。

　どうやら同情してくれているらしい。一方のメリリはといえば、

「やっぱりアルバ様が一番です！！　クロレルになんて負けなくて当然です！」

　どういうわけか観衆たちを扇動していた。

　さっきは俺が負けることをよしとしてくれていたが、いざ戦いとなったら俺が勝つ姿を見たくなったのかもしれない。

　それ自体は構わないが、大衆を巻き込むのはやめてくれないかな、うん。

　ともかくこれ以上、人前に晒されるのはごめんだ。日陰に帰ろう。一旦下がって、作戦を立て直そう。

　そう考えた俺が会場をあとにしようとしたところ、唸《うな》るような叫び声が地を這うようにして聞えてきた。

「待てよ、愚弟……！」

　振り返れば、クロレルが胸を押さえながら、よろよろと立ち上がる。

「まだやるつもりか？　やめとけよ」

加減したから命を落とさなかったとはいえ、見るからにクロレルは満身創痍《まんしんそうい》だ。

それに、もう決着がついてしまった以上は無駄な戦いはしたくない。

俺は無視して去っていこうとしたのだが、退場へのゲートがスタンドから現れた連中によって阻まれる。

その黒い衣装を見るに、さきほどまで廊下で後ろに控えていたクロレルの手の者らしい。

「……なんのつもりだ」

俺は問いかけるが、彼らは一切答えない。

睨み合いを演じていると、背後からクロレルの怒鳴り上げた声が響く。

「全員聞きやがれ！！！！」

後ろを見れば、満身創痍ながらクロレルがフィールドの真ん中に立っていた。

「入れろ」

こう彼が合図をすると、黒服の男に付き添われて一人の民間人らしき男が中へと入ってくる。

右腕に怪我を折っておるようで、包帯によって覆われていた。

「端的に言うぜ！　この人は、罪なき被害者だ。アルバのクズ野郎が酒に酔ってお代を踏み倒そうとしたうえで暴力を振るったことにより、腕を折られた！　全治は一年近くかかる。おかげで酒屋の店頭には立てず、生活は困窮している。誰がこんなことを招いたと思う？」

そうきたか、と俺は他人事のように感心する。

要するに、はじめから二段構えだったわけだ。

クロレルが戦闘に勝ったら、こうして暴行の被害者を出すことで俺を悪者にして徹底的に叩き潰す。

今のように万が一負けた場合は、批判を俺に向けさせることで、勝負の結果を有耶無耶にして自分の正義を訴え観衆を味方につけて結果を覆す。

……よく考えられたものだ。

こんなところまでクロレルの頭が回るとも思えない。

たぶんこれも、クロレルのバックについたという怪しい連中が考えた作戦なのだろう。

俺はつい、ほくそ笑む。

この展開はむしろ好都合だった。

俺自体の評価が今さら落ちようと、どうとも思わない。

なんならこれで、俺がなにかせずとも次期領主候補を外れることができるのだからありがたいくらいだ。

「今でこそ落ち着いたように振る舞っているが、この愚弟、アルバ・ハーストンは気高きハーストン家にはまったくふさわしくない狂暴性の高い危険な奴だ。こんな奴が次期領主でいいのか!?　よくないよなぁ!?」

いや、暴行も窃盗も、俺と入れ替わってるときにあんたが犯した罪なんだけどね？

ただその事実を知らない観衆にしてみれば、刺激的かつ強い説得力を伴って聞こえたに違いない。

俺への批判が、観客スタンドの中から渦巻き始める。

いい流れがきている。いいぞ、もっとだ、その調子！　そのまま俺を領主候補から外してくれ！

俺は批判の矛先を向けられた側でありながら、密かにその流れを応援していたのだが……

「そして、クズはアルバだけじゃない」

その一言から風向きが変わっていった。

クロレルがすーっと腕を上げ、指をさした先にいたのはセレーナだったのだ。

「そこにいるんだろ、セレーナ・アポロン」

あいつがもっとも強く目の敵にしていたのは、ひとえに俺である。それに、わざわざ探させるほどセレーナに未練を持っていたことも間違いない。

だから彼女は見逃してくれると考えていたのだが、はずれだったようだ。

模擬決闘の前に、クロレルが「徹底的に潰す」と言っていたことが蘇る。たしかに、これは徹底的だ。

スタンドにいるセレーナへ、俺は焦って目をやる。

彼女はいつも通り澄ました顔をして、そこにたたずんでいた。

立つこともせず背を曲げることもせず、ただ座ったままだ。

「あいつは、この俺様の婚約者という素晴らしい立場になれたにもかかわらず、俺の元を離れて犯罪者のクズの元へと走った。俺と愛を誓ったのに、だ」

クロレルは両手を広げて、叫び上げる。

愛を誓ったなど間違いなく大嘘だ。が、そう言うことで、観客の感情を煽ろうとしているのだろう。

「これは不義理だ。クズのアルバにそそのかされたのかもしれないが、不貞を働いていた事実は変わらない。そのせいで俺は心労から、失政をおかしたのだ！」

とんでもない、なすりつけであった。

自分の欲望を満たすためだけに動いた結果のすべてを、セレーナのせいにするつもりらしい。

「さて、もう一度問おう、聴衆よ。こんなカップルが認められていいと思うか？　このままアルバが次期領主候補になるということは、こんな倫理観の欠片もないようなカスたちが次期当主の夫婦になるんだぞ⁉　いいのか⁉」

それは、まるで黒い雲が一瞬で青空を覆うかのようだった。

「セレーナ嬢がそんなことしていたなんて……。最低……。憧れてたのに」

「普通は一般の見本にならなきゃいけない存在なのにね。アルバ様も最低だし、セレーナ様も最低。不貞行為なんてひどいわ」

「おいおい、大スキャンダルだ。すぐに街にばら撒け！　『高潔な薔薇』、犯罪者・アルバと禁断の浮気に走る！　ってな」

明らかなる嫌悪感、敵意を孕《はら》んだ視線や声がセレーナへと注がれるようになる。

メリリが慌てて彼女のそばへと戻り庇おうとするが、もう遅い。

観客席にいるというのも、まずいようだった。

人間、身近にいる存在だと思うと、途端になにをしてもいいと勘違いしてしまうのだ。

心ない言葉が容赦なくぶつけられる。

自分へぶつけられる不満や批判なら、いくらでも耐えられた。だが、セレーナに対してそれが投げつけられるのは話が違う。

一言一言が、割れたガラスのように肌へと突き刺さる感覚で、実に耐えがたかった。

「ふざけやがって、クソアマ！　そんな清楚《せいそ》な顔して、浮気かよ！」

そんな折、いよいよ刃物のようなものが彼女へ向けて投げつけられるのが目に見えたところで、俺はすぐ行動に移す。

「風よ、彗星がごとき推進力を。『縮地活歩』……！」

俺は詠唱ありで、両足へと貯めた魔力を風属性魔法へ変換する。

セレーナの元まで瞬時に移動し、その刃物をナイフで撃ち落とした。その際、怒りが魔力に乗ったのだろう。
飛んできた刃物を俺は粉々に砕け散らせることとなる。
それには観客からどよめきが起きた。
俺は辺りに睨みをきかせて、次なる攻撃に備える。
これにより一応、暴力や非難の声は収まったのであった。

45話　よもやの結果

「な、なんだ、あの速さは……！　アルバ様は、やはり魔法が使えたのか⁉」

魔法が使えることは完全に公となってしまったが、仕方ない。

セレーナの身の安全が、なにより優先だ。

あとはこれで再び俺に矛先が向いてくれれば、彼女を悪意から救える。

そう思ってメリリとともに彼女を庇っていたのだけど、セレーナはなにを思ったか、席から立ち上がる。

止めることは、できなかった。

状況にはそぐわないほど悠然とした彼女の一歩一歩は、見る者の言葉を失わせ、視線を奪い攫うからだ。

無理矢理に静寂を作り出した彼女は一歩一歩と段を下り、そのまま観戦スタンドの最下段まで降りていく。

そこで紫の髪を靡かせ振り返ったと思えば、彼女は胸に手を当て大きく深呼吸をした。

「違う」

そして出てきたのは、この一言だ。

きょとんとする観衆らに対して、セレーナは耳に髪をかけながら余裕の表情で、話を続ける。

「たしかに私はアルバについていった。それは世間的に認められることではないことも理解しているし、あなた方が犯罪者であるアルバについていった意味が分からないと考えるのも否定はしない。けれど、それには理由があるの」

さっきまではクロレルが場の空気を掌握していたが、その権利はもう完全にセレーナの手へと移っていた。

彼女はまずクロレルという男のしてきた悪事について語る。

世間に公にされていないようなものもあり、再び会場全体がざわざわと騒がしくなった。

クロレルらが邪魔をせんとするが、そこは俺の出番だ。

クロレルらの足元から土属性魔法を発動し、彼らの身動きを取れなくさせる。

魔法を使ってはいけないという制限が取れた以上、これくらいは朝飯前だ。

「クロレルは世間の評価とは違い、本当に最低の人間だった。でも、ある時期から急に人が変わった。急に真摯に政治に取り組み、私にも正面から向き合うようになった。それまで棘しかなかったオーラにも、丸みができた。まるで私が好きだったアルバみたいに」

それは、唐突な告白であった。

どきりとする俺を放っておいて、彼女は続ける。

「はじめは演技だと思ったけれど、そうじゃない。そう分かってから私はクロレルに対して好感を持つようになったわ。でも、三か月経ったらまた元に戻った。アルバは逆よ。それまで気力のない穏やかな青年だったのに、急に暴力を振るったり悪事に手を染めた。これがどういうことか分かる？」

ここまで聞いて、まさか……と思った。

だが、なにもありえないことではない。

彼女の直感にかかれば、いかに不可思議な出来事でもその本質を見通せるのだとしたら。

「二人は身体が入れ替わっていたのかもしれない。私はそう思っているわ」

聴衆からは、「ありえない」と否定する声もする。当然の反応だ。誰がそんな荒唐無稽な話を信じようか。

が、実際のところそれは完璧に核心をついていた。

ほとんどばれないように、俺は振る舞っていたのに、彼女はそれを見抜いたのだ。

常識という壁を乗り越えて。

「勘。いいえ、もっと確信的な物よ。私はアルバの心に惹かれて、彼の元に行ったんだもの。はじめから心はそこにあったの」

セレーナが俺のほうを見上げる。

そのまっすぐな視線にどう答えていいか分からず、俺はただただ彼女と見つめ合った。

ここで入れ替わりが事実と認めたところで、誰が信じるわけでもない。

ならば、どうすればいいのだろう。

なによりも、セレーナが見抜いていたという事実に唖然《あぜん》としてしまって、言葉が出ない。

そんな俺の元まで、セレーナは再び段を上り、こちらへ歩み寄る。

耳元に唇を寄せて、囁いた。

「アルバ、ごめんなさい」と、絞り出すように言う。

「あなたが私のせいで、悪く言われるのが耐えられなかった」

どうやら俺たちはまったく同じことをお互いに考えていたらしい。俺への悪口をセレーナがどう思うかは、頭にもなかったことだった。

それに驚いてから俺は溜息を一つ吐く。

「……今さら言っても仕方ないよ。どうせ観衆の暴走を止める方法なんか俺には思いつかなかったし、仕方ないだろ」

「そうね」

観衆たちによる暴動は、もう完全に止まっていた。

それどころか場の空気は俺たちを擁護する方向へと、着実に変わり始めていた。

「……たしかに、それなら辻褄《つじつま》が合わなくもないかも。アルバ様が急に暴力振るうことなんて、考えてみればこれまではなかったよね」

「たしか魔法が使えない腹いせとか言ってたけど……実際は使えたもんな。あれはただの憶測だったのか」

「でも、ありえないだろ。入れ替わりなんて」

「けど、なんだか本当に聞えちゃう……」

入れ替わりなんて、理屈は通っていない。

結論は、普通に考えればありえない非常識なもの。

それでも、そんな常識を覆してしまうくらいには、まっすぐ透き通って一本芯のある彼女の思いは観衆の心をたしかに動かしていた。

「そうだそうだ……！　俺たちは、クロレルシティから来たが、明らかにあいつの政治は最低だった。自分の私利私欲のためだけに動いて、俺たちのことなんてなにも顧みない……！」

「よく考えれば、女に振られただけじゃねえか。それをこんな場所で糾弾するなんて格好悪いぜ」

だんだんと、俺たちへの批判が掻き消えていく。

一方で、批判はどんどんと、クロレル陣営のほうへと移っていった。

「この、ふざけるなよ……！！！」

クロレルが我を失って怒り散らすのは、もう目に見えていた。

足は拘束していたので、彼はその場で剣を抜き、会場中に火属性魔法の魔法技を乱れ打ちし始める。さっき結界は壊れてしまったから、その攻撃は場内を無差別に襲う。

会場内の各所から悲鳴が上がるが……、魔力を使えば一つ一つ対処するのは容易なことだった。

俺は縮地を連続して、それら一つ一つを風を纏わせたナイフで上空へと吹き飛ばす。

最後に、セレーナと協力し、水属性魔法によりクロレルの周りを水壁で囲んだら終わりだ。

場内には平穏がかえってくる。

見たところ、大怪我をした人は誰もいない。

ほっと一息ついたところで、俺はある事実に気づいて、だんだんと青ざめる。

魔法を使えることが公になったうえ、その力で暴走するクロレルからセレーナを守り、さらには観衆を守った。

とっさの行動だったからとはいえ、こんなことが表に出てしまったら……

「おいおい、やっぱりさっきのセレーナ様の話は本当だったんじゃないか!? アルバ様は俺たちを守ってくれたぞ」

「いやいや、入れ替わりはありえないだろ。でも……、彼が今、俺たちを助けてくれたことだけはたしかだよ」

やっぱりこうなってしまう。

そして決定打となったのは、ここでフィールド内へと親父が出てきたことであった。

さぁっと、まるで砂山が一気に崩れるように血の気が引いていく。

偶然であるはずがない。

父は、俺が観衆から評価されるようになるこのタイミングを見計らっていたのだ。

彼は状況をよく俯瞰《ふかん》して、俺がこの騒動を鎮めるだろうことを予見していた。

だから、大事な領民たちが危険に晒されても姿を現さず、今になって出てきた。

「……アルバ。どうするの。義父上は、あなたの実力を知ってしまったわ。もう避けようがないんじゃないかしら」

セレーナが、隣から小さな声で言う。

俺は必死にどうにか状況をひっくり返す手を考えるのだが、思い付かない。

この状況ではどうやったって、クロレルが「悪」で、俺が「正義」になってしまう。

「皆の衆……！　よく聞いてくれたまえ」

父が声を張り上げて、会場中の注目が彼へと集まる。

さすがにその威厳はケタ違いだ。すぐに、音が一切なくなる。

「愚息・クロレルが皆に危害を加えるところだったのを、まずは謝ろう。すまなかった。しかしながら、それを我が息子・アルバが止めてくれた。これを私は大変嬉しく思う！」

……あぁ、やめてくれ。

「入れ替わりの件は、はっきり言えば荒唐無稽で、真偽は分からない。だがたしかに、あの時期のアルバはなにやら様子がおかしかった。それは私も思っていたことだ。今回の活躍で、そのときの罪をすべて許せとは言うまい。ただもう一度、アルバに機会をくれぬか？」

……あぁ、やめてくれ。

ここで歓声上げて拍手とかやめてくれないかな、みんな。「そうだ」「いいぞ」じゃないんだよ、まったく。

「うむ。皆の衆が私に賛同してくれていることは分かった。皆の理解が得られて助かる。いずれにせよ、このような騒動を犯したクロレルをこのまま次期領主候補の筆頭にはできないからね。うむ。では、この場を持って宣言しようじゃないか」

繰り出される一言がなにか、俺はすでに分かっていた。

だんだんと気が遠くなっていく。頭の中がぐらぐらと揺れ始める。

「アルバ・ハーストン。我が第二子を次期領主候補筆頭として、正式にここに任命する」

宣告が下されると同時、拍手が起こる。

それを受けて俺が卒倒したのはいうまでもない。

「ちょっとアルバ⁉」

「アルバ様⁉　嫌だ、メリリを置いていかないでぇ～。いくなら、あたしも一緒にぽっくりといかせてください～！」

セレーナが、メリリが、俺を覗き込む。

メリリは盛大な勘違いをしているが、なにも死んだわけじゃない。

次期領主候補になってしまうという不都合すぎる結果にショックを受けて、失神しかけているだけだ。

いっそ完全に気を失えたら楽だったのだが、そうもいかないあたりが都合が悪い。

……あぁ、いつもなら二人の顔を下から見るのは、幸せに寝坊をしたときだけだったのになんて。

これからどうなるのだろう、俺は。そして、あの村は。

まったく予想のつかなくなった未来から目を逸らすように、俺は淡い現実逃避をするのであった。

番外編

番外編　【side: セレーナ】運命的な出会い

セレーナ・アポロンは今でもまだはっきりと覚えている。

あとにして思えば、それはたぶん初恋と呼べるなにか。

ただよく言われるみたいに、甘くはない。むしろ顔が歪むくらいには苦い。

なぜなら、その思いを抱いてしまったのは、婚約者の弟だったのだから。

アルバ・ハーストン。

彼と出会ったのは、クロレルとの婚約成立を記念して催されたハーストン屋敷・宴会場でのことだった。

完全なる政略結婚だ。

その日は、クロレルとの初めての顔合わせでもあった。

それまで両親からは、「見目もよく、火属性魔法にも長けており、人間性も抜群」とクロレルのことを聞かされていた。

それならば、受け入れるしかない。

伯爵家に生まれついた以上は仕方がない。

そんなふうに自分なりの覚悟を決めていたセレーナであったが、

「まぁ見た目は悪くないな。今日からお前は俺様の婚約者だ」

クロレルの有様は、どう見たって聞いていた評判とは違った。

ろくに喉を通らぬ食事を終えて、二人きりになったところで言われたのがこれだ。

「……よろしくお願い申し上げます」

「ふん、これでお前は俺のもんだ。ま、結婚相手が落ちこぼれのカス弟じゃなく、俺でよかったな。たしかに正妻にはちょうどいい」

最低の人間だとしか、形容できなかった。

たしかに見た目は美しい。が、その心の内はひどく歪んでいる。

それは、短い会話の中でも、滲み出ていた。

鑑定眼を使わなくても、セレーナには「勘」もある。

そもそも、さっそく所有物のように扱ってくる人間がいい性格なわけがない。

「ありがとうございます……」

ただそれでも貴族の令嬢である以上、断りを入れることはできなかった。

自分の意思とは関係なく、親に敷いてもらった道を踏み外さずに歩くことが令嬢としての使命なのだから——。

おとなしくしていたら、つつがなく顔合わせが終わる。

休憩時間になると、セレーナは「トイレ」と嘘を言って屋敷の庭へと出向いた。

というか気づけば向かってしまっていた。

たぶん荒んだ心を、花々で癒したかったのだと思う。

「……あなたは、セレーナ様。こんなところでなにを？」

そこで、アルバに出会った。

彼はベンチに座り、つまらなさそうに花を眺めていた。

とろんとした目には、眠気が漂う。

「少し落ち着きにきたの」

「そうですか。まぁいきなりの婚約なんて、普通は受け入れられませんよね」

図星だったが、セレーナは答えられない。

そもそも初対面は得意ではないし、あのクロレルの弟だからと警戒もしていた。もしかしたら裏で繋がっている可能性もある。

黙り込んでいたら、彼はなにやらポケットを探り出した。

「これ、食べます？」

出てきたのは、紙に包まれたマフィンだった。

……まったくもって理解ができなかった。

セレーナが目を点にして、相変わらず一言も発せないままでいると、彼がそれを差し出して言う。

「さっき、全然ご飯食べてなかったでしょう？」

「……なんでそれ」

「スプーンが動いてなかったの、見えていたので。どうぞ」

「でも、あなたが食べるために取ってきたんじゃないの」

「気にしないでください。ほら、もう一つありますから」

アルバは反対のポケットから、本当にまたマフィンを取り出す。

お腹も空いていた。それに甘いものは好物だ。

セレーナは誘惑に負けて、それを受け取りベンチに腰かける。

もちろんアルバとは距離をとっていたが、彼はそれについてなにも指摘などしない。

ただただマフィンを食べ始める。

見ているとお腹が鳴りそうになって、セレーナは恐る恐るながら一口齧ってみた。

じんわりと砂糖の甘さが広がっていく。

ほっとする感覚が胸に落ちてきた。

「さしでがましいですけど、あんまり肩肘張ってても仕方ないですよ、セレーナ様」

半分ほど食べたところで、アルバが言う。

心にかけていた枷《かせ》が、マフィンの甘さによって緩んでいた。

それにアルバは、クロレルとはまったく違う。

たとえるならば、綿毛みたいな柔らかい雰囲気を彼は纏っていた。

背中を曲げて膝に肘を突き、ぼーっと花壇に視線をやる彼を見ていたら、すっと言葉が出てくる。

「……あなたは自由なのね。貴族らしくない」

「いいえ、まだまだ自由じゃないですよ。でも、やりたいようにしたいとはずっと思ってますけど」

「貴族ならそうはいかないでしょ」

「そんなことないと思いますよ。逃げたかったら逃げればいいんですよ。別に、ずっと貴族に縛られてなくたっていい」

それはまるで、さっき食べたマフィンのようにじんわりと。

それは、セレーナの内側に沁《し》み入ってくる言葉だった。

単純で、しかも無責任な言葉だ。

逃げたあとのことなんか、考えてもいないだろう、この人は。

でも、そのおかげでセレーナは随分と気が楽になっていた。

思えば、立場や責任という言葉で、自分をがんじがらめに縛っていたのはセレーナ自身だったのかもしれない。

「逃げたければ逃げればいい、か。すごいわね、その言いよう」

「もしかして、もう嫌になりましたか？　うちの兄は癖が強いですから」

「……さぁね」

セレーナは、屋敷の大時計に目をやる。

じきに戻らなければならない時間だ。

だが、もう少しだけ。綿毛みたいなアルバの雰囲気に包まれていたい。

そんなふうに思ってしまった。

「ねぇもうちょっと、ここにいてもいいかしら」

「……えっと？」

「戻りたくないの。少しでいいから、お願い。逃げてもいいって言ったのは、あなたでしょ？」

彼はしょうがなさそうにこめかみを掻いたあと、こくりと首を縦に振った。

「なら、屋敷の中でも案内しますよ。ここにいたら、すぐに見つかってしまいますし」

「それ、いいわね」

アルバに案内され、会場から離れた入り口よりハーストン家の屋敷へと入る。

さすがに辺境伯家だ。その内装は、アポロン家よりも数段立派で、セレーナは感心し見て回る。

「アルバ、あの飾られてる角はなに？」

「たしか、鹿型の魔物・スノーチェルバの角だった気がしますね。細かいことは忘れました」

「そうなの。面白いものがあるわね、初めて見たわ」

「そんなに面白くないと思いますけど……？」

「私、魔物とかを図鑑で見るのが好きなの」

気づけば、誰にも話したことのない自身の趣味を話すまでになっていた。

アルバの纏う雰囲気が、セレーナに自然とそうさせたのだ。

そんな束の間の逃避行が始まって、どれくらい経ったろうか。

やがて屋敷の中が騒がしくなってくる。

「おっと、そろそろ捜索が始まってるみたいですね」

「……もう予定から三十分以上は過ぎているもの。仕方ないわ」

十分逃げたほうだ。

これくらいで終わっておかなければ、あとあと面倒なことになる。

そんなことはすべて分かっていたのに、

「……もう少し、逃げたい」

口をついて出たのは、理屈ではなく溢れてきた思いそのものだった。

とんだ、わがまま令嬢だ。

それも、婚約者の弟にこんなことを言うだなんて、ふしだらだと思われるかもしれない。

けれど、彼はにっと口端を吊り上げる。

「じゃあ、もう少しだけ逃げましょうか。俺もあんな退屈な会に戻るのはごめんです。とっておきの場所があるんですよ」

アルバはそう言うと、セレーナの手を取り、屋敷の中を駆ける。

途中、うっかりハーストン家の執事に遭遇しそうになったときには……

「これ被って、その角の物置きでしゃがんでいてくれますか」

アルバは自分の着ていたジャケットでセレーナに被せると、自分だけが執事の前へと出ていく。

「このようなところを彷徨って、なにをしているんですか、アルバ様」

「ちょっと用事があったんだ。それで、セバスはここでなにしてるの」

「それがセレーナ様がどこかへいなくなってしまったのです！　アルバ様も探すのをお手伝いください」

二人の会話を聞きながら、頭に被ったジャケットからするアルバの匂いに勝手にどきどきとしてしまったのは秘密だ。

そんな事件もありながら、アルバとセレーナは目的の場所に辿り着く。

そこは、最上階のバルコニーだった。

涼しい秋風が吹く中、見渡せばさっきの花壇だけではなくハーストン城下のすべてが目に入る。

「まぁまぁいい景色でしょう？　ぼーっと眺めて、日がな暮らしたいくらいには」

「……そうね」

美しい景色だった。それはきっと、一緒に見ているアルバも含めて。

彼がにっと笑いかけてくる。

このとき初めて誰かの笑顔を見て、胸が熱くなった。

「また静かになりましたね。少しは打ち解けられたかと思ったんですけど」

ほんの短い時間だった。

けれど、最初とはまるで違う。

言葉が出なくなったのは、別の理由だ。彼の兄の婚約者である以上、認めてはいけないけれど、アルバへの思いのせい。

二人、ただ景色を見る。

そんな間にも、屋敷が騒然としているのは、遠くから聞こえてくる声で分かった。

「……戻るわ、私」

本音を言えば、この甘さをもっとゆっくり味わっていたかった。

名残惜しさは一度で呑み込めないほど、喉元に引っかかっている。

ただそれでも、戻らないわけにはいかない。ここが潮時だろう。

「そうですか。そのほうがいいかもしれませんね」

アルバが目を伏せながら言う。

どうやら、彼なりに寂しいと思ってはくれているらしかった。

ならば十分だ。十分、この気持ちは報われた。

それに、なにもかもなくなったわけではない。今日のこの時間があったから、私は今少しだけ前を向いて歩き出せる。

「本当に嫌になったら逃げるわ。やるだけやってみて、無理だと思ったらそうする。それでいいんでしょ？」

「……それ、俺が吹き込んだって兄に言わないでくださいよ。面倒くさいので」

「当然よ。私も面倒ごとは嫌だもの。じゃあ、またね」

セレーナはそう言うと、アルバを残して再び宴会場へと向かう。

そしてこのまま、クロレルの婚約者となる。それは避けられない。

けれど、本当に嫌になったらやめればいいのだ。

そう心の内で繰り返していると、ずっと靄がかかっていた心の中が晴れ上がってくる。ふわふわと綿毛が舞うような、穏やかな気分だ。

いつか、また会えるだろうか。

ううん、きっと会えるに違いない。

だからこの思いは、それまで胸の内に秘めておこう。

——セレーナがそう決めた数か月後のこと。いい加減にクロレルの態度や振る舞いに苛立ちを覚え始めた頃、彼の雰囲気が突然に変わった。

アルバみたく綿毛のような、穏やかなそれに。

あとがき

いつもお世話になっております。たかた　ちひろでございます。

えー、新年さっそく風邪を引きました。

あとがきの初っ端からいきなりこんな話をして申し訳ありません。

この文章を書いているのは一月中旬で、もう治りかけていますし、本書が出るころにはきっと元気になっているはずなので、なんの問題もないのですが、新年早々、二日目にして風邪を引きました。今のところ、２０２４年は九割風邪引きです。

「明けましておめでとうございます」で決意を新たにして、今年こそやるぞ〜！　今年は違うぞ！　と色々な目標を立て、地元の神社でお祈りをして、いきつけの竹具店で幸運の象徴・白蛇とふれあい運気を高め、とりあえずまずは「十時半就寝、朝六時起床」を実践しようと意気込んでいた矢先にこれです。

ちゃんと六時に起きたら、あれ、喉が痛い……。そして身体もなんとなく重い……。

それでも認めたくなくて普通に過ごしてみるけど、やっぱりこれは……と体温を測ってみたら、37℃超え。

どうやら年末の休み中に、どこかで貰ってきたみたいです。

果たしてどこで……。新幹線の隣に座っていた人？　温泉のサウナでやたら咳払いしていたおじさま？　それとも……数日前を振り返りながら、とりあえずガラガラうがいをするけれど、すぐによくなるわけもなく。

実はこれ今回だけではなく、いわゆる長期休暇がくると、たかたはどういうわけか体調を崩します。

単純に外出する回数が増えるからかもしれませんが、いつもは満員電車でもみくちゃにされて通勤しても平気なのに、なぜか。

一昨年はちょうどゴールデンウィークの最終日に体調を崩すというミラクルまで起こして、なんと半月休暇を貰ったことも。全く嬉しくはない有休消化に、心の中でぴえんしておりました。

健康な状態でそんな長い休みをもらえるなら、温泉旅にでも出たい………。そして身体から温泉の匂いがする人間になりたい。

と、そんな２０２４年空回りＲＴＡ大賞を受賞しそうな、たかたの話はさておき、この度は本書をお手に取っていただきありがとうございました。

第三回グラスト大賞の長編賞を受賞させていただいた本作は、「兄弟での入れ替わり」というう少し変わった要素を取り入れた領地開拓あり、バトルありラブコメありの愉快なファンタジー作品になっています。

新人賞の選評ではセレーナやメリリといったキャラクターを褒めていただいた一方、展開面の課題を指摘いただきました。

これがもう本当に的確で、「たしかになぁ」と何度も読み返しました。大学受験の合格番号発表ページぐらい見返して言葉を噛みしめました。

出版にあたってはそういった課題も、編集者様のご意見などを参考に解決し、改稿を重ねて、より面白い作品に仕上がったと自負しております。

選考に携わっていただいたグラスト編集部の方、担当編集者様、ご尽力いただき、ありがとうございました。

そして末筆にはなりますが、本書を手に取っていただいた読者の皆さまもお礼を申し上げたいと思います。

みなさまの２０２４年に幸がありますように！　そしてどうかご健康にお過ごしください！

（自戒を込めて）

たかた　ちひろ

落ちこぼれ次男は辺境で気ままな開拓生活を送りたい
～追放先で適当領主としてのんびり暮らすはずが、
　気づけば万能領主と呼ばれることに～

2024年3月22日　初版第1刷発行

著　者　たかた　ちひろ

発行人　菊地修一

発行所　スターツ出版株式会社

〒104-0031　東京都中央区京橋1-3-1　八重洲口大栄ビル7F
TEL　03-6202-0386（出版マーケティンググループ）
TEL　050-5538-5679（書店様向けご注文専用ダイヤル）
URL　https://starts-pub.jp/

印刷所　大日本印刷株式会社

ISBN　978-4-8137-9308-3　C0093　Printed in Japan

[たかた　ちひろ先生へのファンレター宛先]
〒104-0031　東京都中央区京橋1-3-1　八重洲口大栄ビル7F
スターツ出版(株)　書籍編集部気付　たかた　ちひろ先生